文
景

———

Horizon

LA HISTORIA DE MIS DIENTES

VALERIA LUISELLI

Soy el mejor cantador de subastas del mundo, pero nadie lo sabe porque soy un hombre comedido. Me llamo Gustavo Sánchez Sánchez, y me dicen, yo creo que de cariño, Carretera.

我牙齿的
故事

［墨西哥］

瓦莱里娅·路易塞利——著

郑楠——译

上海人民出版社

献给胡麦克斯工厂的工人们！

目 录

LIBRO I

LA HISTORIA (PRINCIPIO, MEDIO, FIN)

书一

故事（开端，中间，结尾）

一个男人被起名为"约翰"，可能因为"约翰"是他父亲的名字；一座小镇被命名为"达特茅斯"，可能是因为"达特茅斯"位于达特河的河口。但是"约翰"这个名字，字面上并没有父子同名之意；同理，所有叫"达特茅斯"的地方不一定都位于达特河河口。

——约翰·斯图亚特·密尔

　　在世界上所有站在台后高声吆喝的拍卖师里，我，是最棒的。但是因为我为人谨慎小心，人们对此事一无所知。我叫古斯塔沃·桑切斯·桑切斯，但是大家亲切地叫我高速路。喝完两杯朗姆酒后，我能模仿珍妮丝·贾普林。我能解读中餐馆幸运饼干里的字条。我还能像克里斯托弗·哥伦布一样，让一枚鸡蛋立在桌子上不倒。我能用日语数到八：いち，に，さん，し，ご，ろく，しち，はち。我还会仰泳。

　　这，是一部关于我牙齿的故事：一部关于我这些收藏品、它们独有的名字和它们经回收后焕然重生的作品。像其他所有故事一样，我的故事有开端、中间和结尾。就像是我的一位朋友所说的那样，故事剩下的部分是文学，有比喻、夸张、省略、寓言和迂回。讲完故事后，我不知道我将会面对什么：也许是耻辱，死亡，也许最终还会有身后名。但到时候肯定轮不到我以第一人称来作何评论。因为若是真等到那一天，我已经死了：一个幸福满足、惹人嫉妒的死人。

有些人有运气，有些人有魅力。而我呢，运气和魅力都有那么一点点。我的叔叔梭伦·桑切斯·富恩特斯是个贩卖意大利高级领带的售货员。他常说："美貌、权力和过早获得的成功等等都是过眼云烟。对于拥有它们的人们来说，它们是压在肩上的负担。一想到要失去它们，只有极少数的人能承担这份苦楚。"我倒是没有被这种焦虑所折磨，因为我身上没有任何易逝的优点。我从叔叔身上继承了他的人格魅力，还有一条雅致的领带。据他说，领带是男人这一生成长为贵族的唯一必需品。

我生在美丽的风城帕丘卡。出生的时候，我已长有四颗乳牙，从头到脚盖了一层细密的黑色汗毛。我外表丑陋，但倒觉得庆幸。就像我舅舅欧里庇得斯·洛佩兹·桑切斯常说的那样，丑外表炼就好性格。当爸爸第一次看到我，他坚决认为刚刚生产完的妈妈把他的亲生儿子藏到别的屋去了。他使出浑身解数，讹诈、恫吓、耍他那一套官僚作风，目的就是为了把我塞回给那位把我交给他的接生护士。妈妈则和爸爸截然不同：她第一眼看到我，便将我紧紧搂在怀中；那个小小的我，皮肤通红，肚子鼓鼓，像个躲在壳里的河蚌般在襁褓中瑟瑟发抖。妈妈早已学会接受命运中的各种龌龊与肮脏之事。爸爸则不然。

护士和我父母解释道，婴儿生下来就带着四颗乳牙在我们国家很少见，但是在其他种族还算常见。这种情况在医学上被称为"先天性出龈乳牙"。

"比如说什么种族呢？"我父亲问道，语气透着抵触。

"确切地说是白种人，先生。"护士回答道。

"但是这孩子皮肤黑得跟煤油似的。"父亲反驳道。

"桑切斯先生，遗传这门科学，背后充满了神灵。"

护士的最后一句话估计是起了安慰作用，或是吓到了父亲。他勉为其难地将我抱回家。我身上裹着厚厚的绒布毯子，严严实实像个塔可卷。

几个月后，我们一家搬到埃卡特佩克。妈妈替别的人家打扫卫生，而爸爸什么都不干，连指甲他都不肯清洁。他那黑黑的指甲盖长得厚实粗糙，修剪则用牙齿啃。爸爸咬指甲这个习惯并不是因为焦虑，而是他这人游手好闲并且自以为是。我在桌子上写作业时，他会瘫坐在天鹅绒绿扶手椅上，面对着电风扇，细细研究他的指甲，默不作声。椅子是邻居胡里奥·科塔萨尔留给我们的。他生前住在4A，死于破伤风。当科塔萨尔的孩子们来取遗物时，他们将那只名为"准则"的金刚鹦鹉托付给我们。但是没过几个星期，鹦鹉准则也死了，我觉得是因为悲伤过度。还有就是那把绿色的天鹅绒扶手椅。自从得到这把椅子后，爸爸便懒洋洋地在那儿坐一下午，精神恍惚：看看天花板上的潮斑，听听收音机里的教育频道，啃啃指甲，一个指头接一个指头。

他每次都从小拇指啃起。他先用正中的两颗上下门牙咬住指甲一角，扯开一个小缺口，然后一下子将多余

的半圈指甲撕下来。咬下来之后，他会把它含在嘴里玩
一会儿，在舌头里卷成个小塔可卷，然后噗地一下吐出
来：被他吐出来的指甲在空中飞呀飞，啪的一声落在我
的作业本上。大街上的狗儿们嗷嗷叫，而我呢，看着
这瓣没有了生命、脏兮兮的指甲，躺在离笔尖只有几毫
米的地方。我在指甲周围画一个圈，然后继续在圈子四
周抄抄写写，保证不碰到它。爸爸的指甲犹如一颗颗被
电风扇助推来的小陨石，不停地空降到我的斯克莱伯牌
宽格作业本上：无名指的，中指的，食指的，最后是大
拇指的；然后另一只手的指甲再来个遍。为了不破坏这
些飞来污物砸出的小陨石坑，我在纸上小心翼翼地规划
布局避开它们，让写下的字沿着圆圈绕道而行。写完作
业后，我会把指甲搓成一小堆，把它们放在裤兜里保管
好。然后我回到自己的房间，把这些污物放在枕头底下
的纸信封里。我这些收藏品的数量日渐庞大。等我长大
之后算了算，我居然收集了好几个信封的指甲。童年的
回忆，先说到这儿。

爸爸牙掉光了，指甲没了，脸也消失了：我们在两年前将他的遗体火化。遵照他的遗愿，我和妈妈将他的骨灰撒在阿卡普尔科港。一年后妈妈也去世了。我把她埋在了她死去的兄弟姐妹旁，埋在了美丽的风城帕丘卡。我每个月都会挑周日去看看她。周日，风城总是闷热无风，总是下着雨。

但我从来都没有走进过墓地。因为那里有很多花，我对花粉过敏。我在离墓地不远的公交车站下车。车站建在一片美丽的安全岛上，伫立着几个真实比例的恐龙雕塑作为装饰。我在那里停下脚步，身边围绕着玻璃纤维质地的巨兽。我淋着雨，诵着祷告，直到双脚肿到麻木，人也精疲力竭。之后，我穿过街道，小心翼翼地跃过水坑。水坑圆圆的，犹如童年作业本上那一个个陨石坑。过了街，我等着载我回火车站的公交车。

我人生中第一份工作的地点，是位于油街和铁街交叉路口的鲁文·达里奥家的报亭。那时候我八岁，乳牙已经全部掉光了。嘴里长出了新牙，横七竖八地长着，每颗都有铲子那么宽。

鲁文·达里奥的妻子名叫蓝。虽然比我大二十多岁，但她是我人生中的第一位好朋友。鲁文·达里奥常年将蓝锁在家中。每到上午十一点，他会让我带着一串钥匙去他家里看看蓝在做些什么，看看她需要从街上买些什么。

每次一进门，我都看见蓝衣不遮体地躺在床上与乌纳穆诺先生翻云覆雨。这位乌纳穆诺先生是个老色鬼，在电台的教育频道主持某档节目。节目历来以这句话作为开场白："各位听众大家好，我是乌纳穆诺。本人有适度消沉的意志，打动人心的折中态度，情感饱满的左派倾向。"缺心眼儿。

当我走进达里奥家门时，乌纳穆诺先生吓得一跃而起，套上那件满是咖啡渍的衬衫，笨手笨脚地拉起裤子拉链。我低头看着地面，有时候斜眼看看蓝：蓝继续躺在床上，盯着天花板，手指在半裸的肚皮上游走。乌纳穆诺穿好衣服戴好眼镜后走到我面前，用手掌啪地扇了我的脑门。

"你个蟑螂！你家大人没教你进屋前要先敲门吗？"

蓝每次都会为我说情："他不叫蟑螂，他叫高速路，是我的朋友。"她说罢便大笑起来，声音低沉，透着傻气。她的两颗犬牙很长，牙尖平平，令人不安。

乌纳穆诺先生满怀焦虑和内疚，从后门溜走了。这时，蓝将床单披在身上，像是超级英雄的斗篷。她邀请我坐在她床上："过来，咱们来玩迷你台球吧。"玩完了，她会送我一片面包和插着吸管的一袋水，然后叫我回报亭。回去的路上，我把水喝光，把吸管放到裤兜里保管好，为了等一会儿收集起来。就这样，我陆陆续续收藏了一万多根吸管，一提起来我就感到特别光荣。

"蓝在家做什么呢？"回到报亭时，鲁文·达里奥问我道。

为了替蓝打掩护，我故意只提到某个不痛不痒的细节，比如"她只是在穿针，修补二表姐孩子受洗的衣服"。

"哪个表姐？"

"蓝没说。"

"一定是桑德拉，或是贝尔塔。来，拿着小费，快去学校吧。"

我默默地念完小学、初中和高中。我从不惹是生非，所以成绩出乎预料地好。他们点名字的时候叫到我，我都不张嘴。我倒不是因为害怕别人看见我那一嘴糟牙，而是因为我为人小心谨慎。故事的开头，先说到这儿。

年满二十一岁时，我在位于莫雷洛斯大街的果汁厂找到了一份保安的工作。我觉得能找到这份差事也是因为我小心谨慎的性格。我在那里一干就是十九年，算上各种假期：肝炎，请了六个月病假；该死的龋齿发展成了两侧牙根管损坏，三天病假；还有若干星期的休假。除去这些假期，我在工厂保安这个岗位上总共干了整整十八年零三个月。

但是，如歌手拿破仑所唱的那样："那个不经意的一天，我的命运突然改变。"在我满四十岁那天，厂里的巴氏杀菌工在接待一名个头中等、身材浑圆的 DHL 快递员时，恐慌症突然发作。聚合物负责人的秘书目睹了这一幕。但她对病症一无所知，竟以为那个个头中等的快递员在袭击我们的巴氏杀菌工：她看到工人双手握住脖子，脸憋得比李子还紫；他翻着白眼，身子向后，四肢瘫软地倒了下去。

　　客服部经理冲我大吼，让我赶紧出去抓住那位个头中等的快递员。我遵从了他的命令，径直冲向嫌疑犯。身为工厂司机之一的我的老朋友兼同事狗子前脚刚进门，后脚便赶来帮我制伏罪犯。我手中的警棍戳向快递员的尾椎骨，还没怎么使劲，这位可怜的先生竟号啕大哭起来，伤心欲绝。狗子不是什么施虐狂，见状便撒了手。我拽着他的胳膊将他赶到出口。就在这时，客服部经理命令我立马回来照看仍躺在地上、呼吸困难的巴氏杀菌工。我跪在他身边，将他揽入怀中。我实在想不出什么更好的应对办法，只得默默地不停拍拍他，直到他从惊恐中恢复神志。

第二天，工厂经理把我叫到他的办公室，通知我即将升职。

"保安是二等员工的差事，"他在私下里和我说，"你可是个一等员工。"

根据厂领导层的安排，即日起厂里会配给我专门的椅子和书桌，工作内容则是安抚有需求的员工。起初，我认为这份差事简直荒谬。但上级们向我解释说，现今最棒的企业都专门设有监督员工们身心健康的岗位。

"您将是企业员工的个人危机监督员。"经理对我说。他的微笑透着一丝阴险：这笑容属于那些去看过好几次牙医的人。

就这样过去了两星期。而除了那位请了短期病假的巴氏杀菌工，厂里并没有其他员工需要安抚服务。新来了一名保安，一个名叫胡志明·洛佩兹的马屁精胖子，整日努力和别人搭话。看来礼貌谨慎这类品质很少有人看重，所有人都需要学习。我在新岗位上冷眼旁观，与其说厌恶，不如说鄙视。厂里已经给我配了一把可以调整高度的旋转椅和一张带抽屉的桌子，抽屉里装了一套美上天的橡皮筋和回形针。每天我都会各偷拿一只，然后藏到裤兜里顺回家，最后集成了一套不错的收藏。

　　但是，如同歌手拿破仑所唱的那样："并非万物皆为天鹅绒花瓣，并非万物皆为棉花糖云朵。"厂里的某些员工，尤其是客服部经理，开始抱怨我的工作就是望天、数羊，简直就是不劳而获。有些员工甚至还搞出了个什么阴谋论，说我和巴氏杀菌工串通好演这么一出：这样一来，他可以得到一个月的带薪休假，而我可以升职。这种下三滥的鬼话，只有那些看到别人运气好就眼红的龌龊之徒才编得出来。

　　厂里开了一次会。会后，经理决定派我去学一些专业课程。目的呢，一是为了让我不要闲着，二是学习一些应对厂里员工突发状况的技能。

　　就这样，我踏上了旅途，四海为家。一路上我报了很多课程和学习班，从南到北、从东到西跑遍了共和国甚至整个美洲大陆。或者也可以这么讲，我成为了一名"课程收藏家"：急救，焦虑控制管理，营养和膳食，倾听与积极沟通，行政创新，DOS 操作系统，男性研究新说，神经语言规划，性别多样性。这段日子是我人生中的黄金时期，直到它结束的那一刻：美好的事物终归是要结束的。

　　这段日子的最后光景以墨西哥国立自治大学文哲学系的一门课程开场。这课是经理女儿教的，我无法拒绝，因为会丢掉饭碗。我去了"接触即兴舞"学习班。不是我说，这名号真够吓人的，令人尴尬至极，手足无措。

　　舞蹈学习班的首次练习是自编一段双人舞，伴着珍妮特的那首《因为你要离开》还是《你为何离开》：我一直搞不懂这歌名到底是个问题还是个答案。我的舞伴是小瘦子，虽然长得不算漂亮，但也说不上难看。小瘦子围着我跳舞时的一招一式模仿了颇具异域风情、身材丰腴的墨西哥艺术家东歌蕾蕾，而我仅仅是不停地打响

指，试图跟上这首歌的复杂节奏。小瘦子才不在乎什么
节奏：她对我上下其手，爱抚我的头发，将我的上衣扣
子一颗颗解开。我依旧努力打响指，努力跟节奏。歌曲
结束了，小瘦子美成了一朵花，而我却凋谢了。半裸的
我杵在文哲系木地板舞台上，睾丸缩成了两只小蝌蚪。
关于学习班的记忆，先说到这儿。

　　为了挽回面子，我只得邀请小瘦子来家里吃饭。一
来二去她就怀孕了，我们就结婚了。小瘦子觉得我天生
就是个跳现代舞的好坯子，在厂里做事实在屈才。因
此，我离开了果汁厂。我不仅是她的丈夫，还成为了她
的私人大项目。小瘦子上的是墨西哥城某个全白人的
大学。学校不怎么正经，与其说是教书育人，不如说是
误导学生，在他们的脑袋里种下鹤立鸡群的幻觉。但是
据她说，在大学的那几年她开始变得反叛，什么都看不
惯。她变成了个本土主义者、佛教徒和素食者。说白
了，就是个喜欢为了所谓社会正义奔走相告大声疾呼、

披着土著胡依皮尔[1]的四不像白妞儿。如果我今后跳舞赚不到钱，她会寄来自己的积蓄；或者说，是她爸爸留给她的积蓄。或许有一天，我还可以用这笔钱整整牙。我不会抵抗。我们在小灯笼街三号租了房子。就像世界上所有已婚人士所经历的那样，没过多久，小瘦子变成了个大胖子。

　　但不论我多么努力，不论我身形有多么完美，我始终找不到现代舞舞者的工作。我参加了好多公司的舞蹈面试，比如陨落的伊卡洛斯、交错空间、宇宙民族这几家。甚至还有那个叫开放空间的舞团：这舞团和名字一样，开放得很，是个人就要。我差点就被民间艺术公司录用了，但是最后这份工作被一个皮肤滑得像蚯蚓、个头矮得像软木塞子的小年轻抢了去。

　　如同歌手拿破仑所唱的那样："我止步不前，似尚未点燃的绿色柴木，似尚未生根的苍天大树。"舞者梦破

―――――――――
[1]　"胡依皮尔"（huipil）指墨西哥南部和中美洲土著女人经常穿的无袖衫，上面有色彩丰富的刺绣工艺。——编者注

碎的我，做过按摩师和修自行车的师傅，后来在一家叫
作帕纳索斯山的书店外卖冰棍儿。每份工作至多坚持两
三个星期。有大约两个星期的光景，小瘦子和我在家里
一句话都没说。这期间，我走路的时候尽量不让拖鞋在
地上拖拖拉拉，尽量不让她察觉到我开了几次冰箱门、
拿出多少片火腿、多少杯酸奶或乳蛋糕，尽量不在厕所
里发出不雅的声响。结果有一天，她突然和我说：

"高速路，你有完没完？"

"什么有完没完？"

"受够了。"

为了不让我闲着，她把我送到大学当旁听生。我可
以选自己喜欢的课程，她还算给我了些自由。我上了古
典文学课，原因是我一直都很喜欢罗马人的故事。我还
选了现代文学，因为如果我哪天当了父亲，我必须懂得
如何向儿子或女儿讲现代故事。我到底算不算个好学
生，我自己也不晓得。但是这些课程让我有机会阅读，
让我感到充实。那些个小说家，我一个都不喜欢。但是

说起诗人，有几位我倒是挺欣赏。散文家更不用提了，我爱得不得了：从蒙田先生，到伍尔芙女士，到切斯特顿先生。但是最让我痴迷的是古典文学。我可以拍着胸脯自豪地说，我每一本都读了。迄今为止，所有古典文学作家中我最爱的是苏埃托尼乌斯。几乎每天晚上睡觉前，我都会翻出来读一读。

除了读书，我还有读报的习惯，特别是在那些找工作频频被拒、心情跌到谷底、自怜自艾的日子。在文哲系咖啡厅的一天早上，我在一张报纸上读到关于某位作家将所有牙齿换新的消息。他如何负担得起如此昂贵的手术呢？仅仅是因为写了一本书，一本书而已。命运在我眼前豁然开朗。我决定好好攒钱。如果这个无名小辈能换得起整口牙，那我也能做到，说不定比他做得还好。我把这篇报道从报纸上剪下来，塞进了钱包。我一直将它带在身边，像是我的护身符。

正如为《经济学人》撰稿的占星师朱利安·赫伯

特所预测的那样，1985 年 9 月 19 日，墨西哥城发生了大地震，地动山摇。就在地震同一天，我的儿子悉达多·桑切斯·托斯塔多出生于民族医院。悉达多这个名字是小瘦子起的，后来她又给他起了小名"佛"，或是"小佛"。我本来中意"洋子"这个名字，"小野洋子"那个"洋子"，因为我一直都很喜欢日本文化和披头士乐队。但是，我们生了个男孩，只好采用小瘦子挑选的名字。这事我俩之前就已经说好了。悉达多出生时很健康，很正常，没有任何引人注目的特点。按我说，孩子长得不算漂亮，但也说不上丑。对于孩子的评价，先说到这儿。

悉达多刚刚学会在地上爬，小瘦子也终于从产后抑郁症的阴影走出来了。一天，我请我的朋友狗子来家里吃饭。我俩回忆了当年的旧时光，颇为怀念。本来我俩都开心得很，但当小瘦子将咖啡端上来时，狗子和我讲，他前几天碰到了胡志明，就是那个接替我保安工作的胖子。狗子是在一家小酒馆看到他的：胡志明一身昂贵的西装，身边还陪着个颇具姿色的女人。

"他怎么就发迹了？"我问狗子，试图把卡在嗓子眼的那股强烈的嫉妒劲儿压下去。

"他呀，现在是个拍卖师。"狗子回答道。

"仅此而已？"我问，口中的咖啡变得难以下咽。

狗子跟我解释了一下。他说拍卖师这个行当本来就很受尊敬，更妙的是只要随便学学，是个人都能当拍卖师。他说这些都是胡志明和他讲的。他说只要有天分就行。胡志明那个自大狂也这么说：天分，必须要有天分。他说，当然啦，也有各种关于如何学习和完善拍卖技巧的课程可以上。他还告诉我，当我离开工厂时，胡志明跑到经理那里，恳求经理批准他上课，以便更好地应对员工个人危机问题。我觉得他分明就是想学我，想成为我。厂里准许他去上急救课，就这么一门课，仅此而已。但是胡志明却趁着工作之余的上课时间，跑到墨西哥城的红灯区偷偷给自己报了个拍卖师培训班。没出一个月，他便辞了职，然后在科洛尼亚波塔莱斯区专职拍卖汽车。

"他干得不错，比咱们几个加起来都好。"狗子说。

第二天，我坐地铁然后倒公交车辗转到了红灯区。我把红灯区的所有大街小巷都转了个遍，在各种广告牌和告示上寻找"拍卖""拍卖师"或是任何和这门职业相关的字眼。我转悠了好几个小时，一无所获。精疲力竭、饥饿难忍的我走进一家路边的韩国小馆，点了一份店里推荐的特色辣白菜。

在这家小店的某个角落，一个幽灵般的年轻人弹着吉他，唱着靡靡之音。歌词是关于在巴尔德拉斯地铁站，一个女人的身影如何在男人的目光中消失。我翻翻报纸试图消磨时光，安抚因这顿并不在饭点的吃食而涌上心头的阵阵忧愁。

之前我说过，我这人运气不错。正当我咀嚼着一块有可能是生菜的不明物体时，我的目光扫过一张告示——告示是手写的，用透明胶贴在小店的墙上。那漂亮的字体简直就是在向我召唤："拍卖艺术。包学包会。Yushimito拍卖教学法。"当服务员准备结账时，我将联系地址抄在了餐巾纸上。

　　拍卖艺术入门速成课为期一个月，时间是每天下午三点到晚上九点，地点是位于伦敦大街日韩风格的美韵发廊的里屋。我的日裔师傅让我叫他俄克拉何马先生，因为他是在美国的俄克拉何马州学习的拍卖术。他本名为健太·Yushimito，他给自己起了个洋名卡洛斯，所以他又叫卡洛斯·Yushimito。他地位颇高，优雅出众，礼貌谨慎的鲜活典范。

　　我自身的荣誉感，加上对师傅以及对拍卖师职业的忠诚，使我不便透露俄克拉何马先生传授的拍卖秘诀。但是，有一件事情我可以给你们讲讲。据师傅说，一共有四种拍卖师：环形迂回式，椭圆形省略式，抛物线比喻式，双曲线夸张式。拍卖方法的相对离心率值 ε ，或者说圆锥截面相对于周长（也就是被拍卖物）的偏差值，决定了拍卖师的门第高低。值阶如下：

环形迂回法的离心率值等于零。

椭圆形省略法的离心率值大于零小于一。

抛物线比喻法的离心率值等于一。

双曲线夸张法的离心率值大于一。

　　逐渐地，我也自创了一门方法，将俄克拉何马老师总结的四门拍卖法扩展到了五门。直到很多年后，我才将此方法付诸实践。我给它起名为"寓言法"，而寓言法的离心率 ε 为无穷，且不取决于任何变数。当然，此方法也得到了老师的首肯。而且我可以自豪地告诉你们，老师甚至将我的寓言法写进了他的教学设计。

　　在我们第一次见面时，俄克拉何马老师面对着我们坐在一张理发椅上。为了向我们演示抛物线比喻法（这是他教给我们的第一个方法，也是四个方法中最有意思的），他当场拍卖了一把剪刀。老师讲述了一个关于这把剪刀的简短故事，拍卖成功极了。除了理发剪刀之外，老师没有再做其他演示。我们所有人都坐在老师面前，手中端着笔和本，心中清楚地知道我们是他的学生而并非买家。不过说买家也算合情合理，因为我们毕竟都付给了他贵得上天的学费。尽管老师从箱子里拿出剪刀只是为了做演示而已，他居然神不知鬼不觉地让我们当中的一个人乖乖地掏出钱，付给他750比索。

每当课程临近结束，俄克拉何马老师都会说，人生中最重要的事情莫过于找到自己的归宿。说这番话时，他那深不可测的目光扫过我们每个人的脸庞，嘴角带着一丝不易被察觉的微笑。之后，我们紧闭双眼深深呼吸，一起用日语数到八。课程结束。每个人恭敬地点头向老师和同学们道别。

我的目标很明确，那就是找到自己的归宿：我要成为一名拍卖师；我要挣足够多的钱整牙，就像那个写书赚钱的作家一样。我要尽快把牙齿修整得焕然一新，这样我就可以离开瘦不回去的小瘦子了。而且我还可以再娶个老婆：也许是瓦内，或是瓦尼娅，或是薇洛，从班上最勾人魂魄的这三个姑娘里面挑一个。

小瘦子早已察觉我的阴谋。这个女人是个喜欢压制别人的控制狂：她强迫我坐着尿尿，这样尿液就不会四处飞溅；她命令我睡在扶手椅里，因为受不了我打呼噜；她禁止我光脚走路，因为我有汗脚的毛病，会在家里的木板地上留下脚印；当她生气抱怨的时候，会胡乱唤我古斯塔巴或是什么盖世太保。在那一个个不眠夜，我默默幻想着瓦尼娅叫我"我的国王"，瓦内唤我"我的娃娃"，薇洛称我"我的猛虎"。我在床上辗转反侧，情绪激动，心跳加速：想着从她们小嘴儿里说出的"国王"、"娃娃"和"猛虎"；想着我那绚丽耀眼的未来，拍卖师的未来；想着某一天，我能换上一口新牙。

我在 Yushimito 老师课上所展现出的坚毅、隐忍和纪律性，使我获得了一份奖学金，赴美国密苏里州的拍卖师学校深造两周。被众人觊觎的纽约深造机会被买剪刀的同学拿下。对于这件事，我倒是没有任何不满和埋怨。他应得的。

可惜的是，密苏里学校的课程并非如我料想的那样令人满意，因为它所教的方法是用来拍卖牲口的。不过我也并非一无所获：我可以拍着胸脯自豪地说，这趟美国之旅让我学了不少英语，甚至还有一些法语。另外，正是在密苏里的日子里，我构思并完善了寓言拍卖法。此方法无疑是我的智慧结晶，但我们伟大的拍卖大师和民谣歌手勒罗伊·范·戴克的每日教导也给了我诸多启发。勒罗伊·范·戴克的大名说出口，我就想站起来鼓掌。

范·戴克老师为我们这门行当写了首歌，歌名为《拍卖师》。歌词讲述了一名老家在阿肯色州的孩子的故事：孩子想学习拍卖技术并成为一名拍卖师；他每日都把自己关在农场的马厩里，在牲口面前刻苦练习；某一天，他父母终于知晓了他这份特长，便把他送到拍卖师学校学习。歌曲的副歌是这么唱的：

二十五元出价了啊，三十元三十元，
你会出三十元？

你出三十，你给三十，

谁会出三十元？

副歌之后的内容讲的是孩子已经长大成了男子汉，成为了一名拍卖师。这段故事之后的歌词令我潸然泪下，激动不已：

他威风凛凛，享誉各国。

他得到了一切，或者更多。

他风尘仆仆，乘着飞机四处奔波。

现在，他屹立于众人之上。

现在，请朋友们为他喝彩，为他鼓掌。

他这个拍卖师，全世界最棒！

这一段歌词唱完后，重复副歌部分。

勒罗伊·范·戴克的这首《拍卖师》也是我最喜爱的电影《我在拍什么？》的主题曲。听着勒罗伊这首歌，我找到了如何发展和完善寓言法种种细节的动力。我察觉到拍卖师这个行当中存在着一个空缺，而我就是那个查缺补漏的人。历史上所有的拍卖师，无论他口吐数字时有多么巧舌如簧，无论他如何善于将实物价和买家情感价玩弄于股掌，都不懂得如何正确地描绘手中的拍卖物。这其中的原因在于，他们根本就不懂这些拍卖物背后的故事，或者在他们眼中这些故事并不重要。而我终于理解了俄克拉何马老师常常重复的那句话。他说这句话时总是满脸忧愁，而我也即将用我的寓言法将这句话埋葬在拍卖史那遥远的过去："我们这些做拍卖师的，仅仅是一群游走在供求的天堂与地狱之间、收取佣金的使者。"什么使者不使者，我要将拍卖的艺术改头换面。我可不是什么无耻的拍卖贩子：我深爱着这些物件背后的动人故事，将它们一一收集；我，是个故事爱好者和收藏家。我的个人宣言，先说到这儿。

从美国回来之后，我准备意气风发地大干一场，为

未来的一口新牙铺路。我回国后的第一件事情就是在家
里组织了一场私人拍卖会。我将小瘦子的几件旧家具卖
掉，用这笔钱给自己添置了新家具。我用剩下的钱给自
己租了一套新公寓，正好够交上第一个月的房租。谢天
谢地，我从此再没有见过小瘦子，但悉达多也从我的生
活中消失了很多年。从那一刻起，我的心中像是被挖了
一个洞。

　　我一心扑向事业。后来，我娶了薇洛，在库奥赫特
莫克区拍卖汽车。然后我又离婚了，娶了瓦尼娅。我开
始像勒罗伊·范·戴克一样四处旅行，并在旅途中参加
的拍卖会上购买并收集价格相当不错的各种物件。我又
离婚了。我在布拉迪斯拉发拍卖过古董，在蔚蓝海岸
卖过不动产，在东京卖过纪念品。我就这样一路走一
路卖。我娶了瓦内，后来又离婚了。直到得了前列腺
肿大，我才停止计算我到底和多少女人结过婚、离过
婚。但是，对于拍卖事业，我从未停止统计：我经手的
物件包括珠宝、房子、古代艺术品和现代艺术品、葡萄

酒、牲畜、图书馆以及从毒品贩子手中收缴来的大量财产；我合作过的拍卖行包括莫顿、佳士得、索斯比、多禄泰、塔桑、格里斯巴赫和沃丁顿。我这拍卖锤一拍下去，百万富翁的钞票就从他们的腰包流进我的腰包，我赚了个盆满钵丰：加价！加价！成交！

　　但我可不是什么暴发户。我算了算挣到的钱，足以在迈阿密或纽约买下十处房产。尽管如此，我却决定买下埃卡特佩克的迪士尼乐园街上的两块相邻地皮。因为我心里清楚，投资就要选择国内地产。我觉得这两块地面积加起来有好几公顷，虽然我从来都没仔细量过：因为我也不是什么小气鬼。

　　在两块地中的其中一块，我搭起了一座三层小楼。盖楼时我特意留下了一些钢筋，为了今后能盖第四层。在旁边的地皮上，我盖了一间酒社，里面保存着环游世界时收集来的各种物件。在酒社前面，我建了自己的拍卖行。某一天，我一定要造一座连接两块建筑的吊桥，我已经设计好了。之后我会向公众举行一个拍卖行揭幕

仪式，取名为"俄克拉何马－范·戴克拍卖行"，以此向
两位老师致敬。为了实现我的设想，我还需要完善一些
细枝末节，以及等待市政府通过我的地皮改造计划。

　　列举出所有为自己为社区取得的成就后就此结束，
满篇充斥着成就背后的勤劳刻苦以及天生的拍卖天赋：
虽然这最后一项的确值得一说，但这么做实在不够优
雅。我只是想留下一些用于撰写传记的素材：在一个周
末，我飞往迈阿密拍卖汽车；而就在这次旅途中，我和
与生俱来、伴我成长的那份耻辱作斗争的日子，意外地
走到了尽头。

　　一个周日的晚上，当收到因成功拍卖三十七辆皮卡
而获得的一大笔支票后，我和几个同事跑到小哈瓦那某
卡拉 OK 举办的走私物品拍卖会。同事们在前一天晚上
结识了几位阿根廷女记者，并和她们约好周日晚上在拍
卖上碰面。他们和我说这拍卖会值得一去。周日这一
天，我一不乱搞二不谈生意，但是我最终还是决定陪他

们去看看。仅此而已，况且我的旅馆房间里没有空调：原因就这么简单，这话我可以拍着胸脯向你们保证。

拍卖会上现身的四位女记者看上去邋遢得很，这令我释然。上帝已经让我从美色的诱惑中解脱出来。拍卖开始，我寻思着这场拍卖会的所有物件都提不起我的兴趣，因为被拍卖的走私品实在不上档次：某不知名美国政客的手表一块，某不知名古巴百万富翁的雪茄几枚，某不知名、在1930年代游历古巴的作家的信件若干。我丝毫没有甩出支票本的欲望。但冥冥之中，掌管着细枝末节的神灵却始料未及地将一片天堂奉上我面前。这片天堂价格不菲：就在小哈瓦那的这场拍卖会上，就在孤寂的周日时光的深处，我和我的新牙不期而遇。

在拍卖师高高举起的一个玻璃盒子里，那副即将归我所有、原本属于玛丽莲·梦露的神圣牙齿静静地躺着。对，就是那位好莱坞女神的牙齿。它们看上去黄黄的，旧旧的，也许还有些不平整。我认为应该是女神吸烟的缘故。但是这些缺陷都不重要：它们可是梦露的牙啊！

当拍卖师喊出起拍价时，场中一阵骚动，气氛紧张。一群破落的女士们，还有一位阿根廷女记者，都对它们垂涎欲滴。一名身材肥硕、衣着过时的男子粗鄙地将一沓钞票甩在他的小酒桌上，然后起身点了一根雪茄：我觉得他这么做就是为了吓唬我们。但我也顽固得很，坚持到了最后，并赢得了这件拍卖品：我把这副牙齿带回了家，这副属于我的牙齿。

我在竞拍过程中所展现的机智，使得四名阿根廷女记者中长相最一般、顶着一头因染色过度而硬邦邦的头发、面部下垂的那位写了一篇关于拍卖的小文章。这篇文章甚至流传到了网上。她显然嫉妒我的这份收获，因为她也十分想拥有我的那副牙齿。这女人的报道索然无味，事实扭曲。就算如此，我也无所谓。我心想，她马上就会乖乖地收回自己的话，把它们嚼吧嚼吧咽回肚子里。反正从今天起老子就要戴着玛丽莲·梦露的牙吃饭了。

回到墨西哥后，医术精湛至极、掌管着墨城最棒的牙科诊所"妙手铁匠"的路易斯·费利佩·法布雷医生帮我种了一口新牙。我留下了十颗旧牙以备后患。

从手术台下来后的几个月里，我一直笑得合不拢嘴。我向所有人展示我的崭新微笑，露出半月形的一排牙齿。当我经过一面镜子或者路过街边反射人影的玻璃窗时，我会绅士般地抬起我的大檐帽，冲自己微笑。我那瘦小而笨拙的身子骨，我那略感空虚的人生，因这副新牙齿而顿时焕然新生，找到了意义。我的运气独一无二，我的人生惬意如诗。我可以肯定地说，某一天，一定会有人写一部关于我的牙齿自传的美妙故事。关于牙齿的故事，先说到这儿。

LIBRO II

HIPERBÓLICAS

书 二

夸张故事

所谓符号（sign）、符号的意义（sense）和符号的所指（reference）之间的常规联系指的是，符号对应固定的意义，意义对应固定的所指。但是，和指定的所指物（object）相对应的符号却不止一个。

——戈特洛布·弗雷格

2011 年，墨西哥人都疯了。人人争执不下，社会充满戾气。我的拍卖事业已搁置数年。我觉得墨西哥人就像是困在桶里的螃蟹，这比喻不需任何解释你们也能听明白。我的手艺开始变得生疏，没有任何人和场合需要我的服务。另外，我不再旅行。这其中最首要的原因在于，我发现身在墨西哥，虽然墨西哥人很恼人，但是这里什么都有，而且比外面的世界好上几倍。我认为，墨西哥之外只有巴黎值得一提。但就算如此，我们大家心里都清楚，巴黎还是远远比不上坎佩切。

我并没有将钱挥霍在旅行上，虽然在旅行中，我能通过我们现代拍卖师所特有的花言巧语和诡辩胡言淘到一些物超所值的玩意儿。在最近几年里，我全身心投入到收集那些幸运女神赠与我的偶遇物件，或是在家附近收破烂的地方翻出来的宝贝。这废品回收站建得漂亮。因为我经常光顾的原因，回收站主人豪尔赫·伊瓦古恩戈伊蒂亚常给我优惠。出国旅行中收集的藏品加上家附近淘到的新物件，我名下的收藏令人艳羡。我心里清楚，某一天我一定会在自己家里举办一场盛大的拍卖会，我会将我的宝贝们托付给那些值得拥有它们的人：温文尔雅、见多识广的人。

但八字还没一撇，需要我耐心地、一步一个脚印来实现。我必须把连接酒社和拍卖屋的吊桥建好，必须获得土地改造权，必须购置一批能让买家坐着舒服的椅子。最重要的是，我必须为自己雇一个专门整理藏品名录的人。"世界上最好的拍卖师"这名号可不是空手套白狼套来的，需要极大的人力物力。

如同歌手拿破仑所唱的那样："只要运气赞，公鸡会下蛋。"一天，圣阿波罗尼亚教堂的教区神父路易吉·阿玛拉来到我家。他跟我说，世界经济危机波及教堂，使得教堂经营不善。因此，教堂急需我的拍卖服务。神父

向我提出了一个项目计划，并保证报酬合我心意：至少
在精神层面上不会亏待我。他撒谎没有任何好处，何况
世界经济危机的确对我也有些影响。我需要路易吉神父
允诺的那笔分红：他向我保证，如果我们尽全力组织好
这场在教堂举行的拍卖会，一定会挣到钱。

　　路易吉神父的计划很简单：每个月，圣阿波罗尼亚
教堂都会为住在养老院的当地老人们举办礼拜。养老院
名为"静悄悄的黄昏"，或"甜蜜蜜的黄昏"，或者就叫
"黄昏"：总之是个类似的、某个听上去令人抑郁的俗套
名字。

　　下周日是教堂为老人们举行每月礼拜的日子。据
路易吉神父讲，大部分老人的家庭条件都不错。"岁数
大，但钱不少。"他说。"我们必须最大限度地利用弥撒
的天时地利，从他们的腰包里赚些钱。"他这么和我说，
"钱"这个字用的英文，还是复数。我们向这帮有钱有
势的老教民兜售的物品来自我的收藏。最终拍得的全部
款项中，我拿走三成，教堂拿走七成。

最开始我觉得这分配比例很不公平，因为路易吉神父仅仅提供了场地，勉强说他提供了买家：虽然买家人数众多，但个个老态龙钟、颤颤悠悠、面带菜色。这样的买家群体是无论如何也保证不了拍卖成功的。但神父告诫我，让我想想这群因我大驾光临而感到欣喜的老可怜们，让我想想此举也是为了救赎自己的灵魂。虽然我并不相信地狱真的存在，但我坚信生前行善总比死后后悔强。另外，路易吉神父爽快地同意了我使用双曲线夸张拍卖法的要求，这方法对周日这个场合来说最合适不过了。

"高速路，当然没问题了。在与圣灵神力沟通时，夸张很有效果呢。"

"我说的不是夸张，而是双曲线夸张法。"我反驳道。我向他解释，所谓双曲线夸张法就是讲述一系列故事，而故事相对于周长的圆锥截面离心率大于一。换句话说，或正如永垂不朽的昆提利安曾说的那样，我通过一种"超脱真相的优雅方法"将被拍卖物品的价值恢复。我讲的故事千真万确，拍卖的物品货真价实，但是我的那张嘴会将这些故事润色。说到这儿，路易吉神父已经听不进去了。就像世界上所有的神父一样，一旦对方说的话和自己的设想有差距，他的耳朵一下子就闭上了。

拍卖前，我花了几天工夫来琢磨什么样的藏品与教堂的氛围以及其老年受众相契合。我在酒社里来来回回走了几个小时，清点藏品，写笔记。某天清晨，当我正在翻阅睡前读物——苏埃托尼乌斯的《罗马十二帝王传》时，我脑中灵光乍现：我的藏品中有一套牙齿，就是路易斯·费利佩·法布雷医生帮我镶上梦露的牙之前换下的那套旧牙中的几颗。虽然旧牙本身并不值钱，但如果我能讲出如同苏埃托尼乌斯笔下十二帝王那般动人的故事，公鸡都能再下一次蛋。我的故事并不是瞎编出来的，它们源于我钟爱的几位作家的生平。我只是把这些真实的故事安到和他们毫不相关的牙齿上而已。

第二天早上，我拿起电话，将牙齿的点子讲给路易

吉神父听。神父最开始有些不情愿，但是最终还是同意
了。因为我和他说，就在前些日子，约翰·列侬的一颗
臼齿被欧米伽拍卖行拍出了三万两千美元的高价。列
侬的女佣，也就是那位叫朵特·加丽特的女人在歌手的
床头柜里发现了这颗牙齿。她悉心保管，之后将它送给
了女儿。身为披头士忠实粉丝的女儿继续将牙齿悉心保
管，并在五十年后卖给了欧米伽拍卖行。虽然起拍价只
有一万六千美元，但是成交价飞升到三万两千美元。我
心里清楚，我那几颗不起眼的旧牙肯定卖不出巨星列侬
臼齿的价钱，这点我也无计可施。但若采取双曲线夸张
法，还是有很大希望将价格大幅度提高。路易吉神父虽
然表示赞成，但是热情不大。事不关己，高高挂起：啧
啧，这就是所谓公众人物的德行，包括神职人员在内。

　　在敲定合同的最后时刻，我心中泛起一阵犹豫，有
些退缩。在公众面前展示顶级私人收藏这件事对我来说
并不容易。我倒是希望能够把这副牙齿留到我名下的首
场拍卖会上。但最后我还是放手了，因为我并不是什么

小气鬼。我想起和俄克拉何马老师一起度过的那个灿烂午后，他向我们描述了一场使用了双曲线夸张法的拍卖会：拍卖会发生于193年，罗马皇帝佩蒂纳克斯去世之后；拍卖方是罗马禁军，被拍卖的是整个罗马帝国。我拍着胸脯向你们保证故事绝对真实。鉴于这个故事，我若是拒绝接受幸运女神摆在我面前的这道小小挑战，岂不丢人现眼？我心里的想法，先说到这儿。

拍卖会的那个周日，路易吉·阿玛拉神父早早来到我家。在他按门铃的那一刻，我眼睛还没睁开，牙也没刷。我估计，当神父看到我那副瞻前顾后、迷迷糊糊的模样，还以为我因拍卖会即将开场而感到紧张。

"马上就到关键时刻了，你可别掉链子。"他边说，边和我一起从我家宏伟的大门走到街上。

"怎么了神父？"我问，"您是觉得我的脸色像糟毛鸡吗？"

"那倒不是。"他回答道，说完这句话他就把嘴巴闭上了。这沉默令人难以捉摸，我认为还是不再追问的好。

　　我俩走到半路感到饿了，正巧路过堂娜玛嘉丽塔·阿里奥拉家的玉米糊小摊。我们买了玉米糊，咂巴咂巴喝了一路，到了教区。我俩站在教堂门前，胡子尖还粘着粉色玉米糊的路易吉神父又问了我一遍：

　　"你不会反悔吧？对不对？"

　　"神父，我虽然貌不惊人，但坚定得很。"

　　"高速路，你听我说啊，这事儿可不那么简单。但你就这么想：我一定要把教区从野蛮的资本主义的眼皮底下拯救出来。对不？你还可以顺便洗涤洗涤你的灵魂。懂吗？"

　　"神父，我懂了。可是您至于唠唠叨叨、车轱辘话来回说吗？"

　　"我没唠叨。高速路，我只想让你搞清楚，这些人是为了看你才来的，他们都特别期待。你之前可能不知道这点，因为你把自己关在象牙塔里太久了。其实你在他们心中是个传奇人物呢！所有人都晓得你。"

"神父您这奉承话说的！继续继续，您接着夸。"

"但是高速路，有一点你得留点心：有些人没有那么喜欢你，甚至恨你。"

"我就知道！您之前嘴巴那么甜，其实是为了给我打预防针。您说吧，谁呀？"

"比方说，你儿子。"

"悉达多要来？"

"当然了。"

"但是您之前和我说，来买牙的都是有钱的老家伙。咱们就是这么说好的。悉达多还是个孩子，这件事和他一点关系都扯不上。"

"的确是。但他听说你要卖掉一部分传奇收藏时，他想来见你。人们都对你很好奇。"

"我可是个正经拍卖师，可不是来为谁耍小丑的。"

"没人说你是小丑啊，你别生气。你只需要牢记，我们的教堂经济不景气，最重要的就是要卖卖卖。"

"这些您都跟我说过了。"

"那些物件你打算怎么拍卖？你想好了吗？"

"神父，我可是职业拍卖师。"

"太好了，高速路。"

"只是还有一件事我想问您，神父。您知道小红帽的故事倒过来怎么讲吗？"

"高速路，你说什么我没听懂。"

"每次拍卖前，我都要将小红帽的故事倒着讲一遍：活动活动舌头，松快松快脸皮。也许您愿意陪我演习一遍。"

"这故事怎么讲啊？"

"这么讲：'帽红小在走林森里，啦啦哒，啦啦哒，时这然突，噜！现出了狼老。'"

"很好，高速路，讲得很好。你要是愿意的话，你自己再练一会儿。十点十五的时候，你从圣器保管室那里进教堂。那时候我正在发圣餐。弥撒在十点半结束。会有一个侍童在圣器室接待你，他会给你份合同让你签一下。走个程序而已。之后，他会领你到讲道台，你站在那里拍卖。怎么样？"

"我意同，神父。"

"好吧。"

"哎，神父，他是个好孩子吗？"

"你说谁？"

"悉达多啊。"

"他工作挺卖力的。"

"他做什么工作？"

"和你之前一样，算是某种安保岗位吧。他在果汁厂旁边的艺术馆里做艺术品经理人。"

"我爸爸以前常说，遗传这门科学背后充满了神灵。这话不假。"

路易吉神父一只手捋着胡须，身影消失在拱廊之下。我像往常一样顺从，听话照做。分针还未指向十点十五，我在教堂对面几乎空旷的广场上踱步，一圈又一圈，独自倒背着小红帽的故事："帽红小你里哪去？里哪去？我去要奶奶家。"

在一小拨一小拨走进教堂的众教民里，我一眼认出了悉达多：这小子简直和我是一个模子里刻出来的。自从离开小瘦子起我就再也没有见过他，因为那个臭女人不让我见他：我觉得她这么做是为了报复我。就算如此，我一直都在履行作为父亲的责任：每个月我都会寄去支票，算作孩子的抚养费；我估摸着孩子到了十八岁，我才不再寄钱。因为我可不想培养个好吃懒做的寄生虫。

我一直用余光瞟着他，看着他进了教堂的大门。我突然感到一阵眩晕。我手心冒冷汗，小腹和臀部阵阵颤抖，顿生尿意，急切地想夺门而出。亲生儿子的出现为何令我如此惊慌失措？我坐在花坛边，内心召唤着老师们的形象：卡洛斯·健太·Yushimito，也就是俄克拉何马老师；还有举世无双的勒罗伊·范·戴克。"我师出名门。"我对自己说，不住地深呼吸。"我门名出师！"我又高声说道。"我是独一无二的高速路！路速高！我是世界上最棒的拍卖师。我从来都不是个坏父亲。我喝完

两杯朗姆酒后可以模仿珍妮丝·贾普林。我能让鸡蛋立在桌子上不倒。我会仰泳。俄克拉何马先生拍卖了一只香蕉，禁军卖掉了罗马。我显然出身名门，血统高贵，也一定能将我这些珍贵的、无耻之徒的牙齿卖个好价钱。いち，に，さん，し，ご，ろく，しち，はち：来下接，狼老路近抄，到跑奶奶的家 …… 后然，它她把了吞！"

　　到了圣器室，一个瘦高个子、目中无人的侍童接待了我。他说他叫艾米利亚诺·蒙赫。他递给我一份合同，我应该在上面签字画押。当他把文件交给我时，他抱歉地说道："桑切斯先生，这份合同是用英语写的。您不介意的话我可以给您翻译。"

　　"啊呀我的小老乡，我也会英语的。但是为什么要用英文写合同？"

　　"先生，我也不知道。"

　　我将合同一页一页签好字，拿着圆珠笔在手里像直升机似的转呀转，直到侍童蒙赫做手势请我出去。

　　教堂里挤满了人，快堆到房顶了。我闻到空气中弥漫着的老年人身上爽身粉的刺鼻味道。向讲道台走去的这一路上，我用右手模仿望远镜握在眼前，缓缓地扫视了整个大厅。但是在聚精会神的人群中，我并没有看到悉达多的身影。我带着踌躇的心情站到讲道台后面，我的牙齿收藏一颗颗并排躺在铝制的折叠桌上。前一天，教堂派来的信使将它们取来，它们在这里被保存了一夜。我转过身背对着它们，心中生出些许悲伤。路易吉神父走到我身边一把将我搂住，像是足球教练般在我耳边低声鼓励道："高手，该你露两手了！"

　　我深深呼吸，拍卖开始："各位尊敬的圣阿波罗尼亚教堂的教民们，希望诸位能够在今日的集会中尽显慷慨、勇气和承诺。"但是这开场白一说出口，听着像是个过气的政客。我试图缓和语气，表现得更加热忱：我对着听众们露出一口牙齿，笑容满满。

　　"今天将被呈现在我们面前的藏品极具价值。这些藏品不仅对于那些时光在牙床上留下痕痕腐蚀的人们颇有用途，并且每件藏品都隐藏了一个故事，充满了细微的训诫和教导。这一整套藏品，令人想起圣经故事赋予人们最重要的箴言之一——'以眼还眼，以牙还牙'的真正含义。这句著名的训诫并非像很多人理解的那样教唆人们睚眦必报。它的真正目的在于唤起人们对细枝末节的重视。因为这些细节，牙齿的细节，正是上帝的栖身之地。"说到这里，我停顿了一下，期待着观众们的掌声。但是台下的老家伙们只是默默地盯着我，脸上带着私立学校学生们在讲堂聚会时所表现出的狐疑。

　　我并未因此走神，而是继续讲我的开场白："这些牙齿曾经的主人们，无一例外都带有显著的污点：社会寄生虫、废人和懒汉身上那种污点。在众人眼中，他们无一例外都被划入狐朋狗友之流。他们当中很多人患有各种疾病：疯癫，妄想症，抑郁症，沉迷色情或极度自私。这帮恶人都是作家，但是他们个个才华横溢，底蕴深厚。换句话说，就像是我的哲学家叔叔米歇尔·桑切斯·福柯在分析另一个话题时所总结的那样，这些人所代表的，是'生活中那些因潜入黑暗而化为诡异诗歌的非凡特例'。正因为如此，用我们的行话来说，这群声名狼藉之辈的牙齿正是'转喻式的遗骨'。就算您不迷信也能懂得，一些物件若被好好利用，便可将自身的极佳品行赐予我们。"

我不得不克制自己，因为此番夸大其词的开场白目的并不在于吹牛尽兴。正如昆提利安所说："适可而止是必要的。虽然被夸张后的文字远远超越了可信的边界，但也不应该过于夸张。原因在于，不论是在这件事情上还是其他任何情况下，作家们都不应痴恋于过度的矫揉造作。"

"接下来，我将为各位讲述所有牙齿藏品背后那一段段令人着迷的夸张故事。我真切地恳请大家将它们买下带回家，戴上使用，或仅仅将它们永久收藏。如果这些牙齿最终没有被拍卖出去（此时我故意有些夸大其词、语气逼人），那么它们将被卖到国外。我想每个人都不想看着它们流失海外吧：我们所拥有的东西本来就少得可怜，结果还被外人拿了去。"在阐述完这个观点后我注意到，虽然话里有水分，但是终于开始抓住老人们那一颗颗信奉卡尔德纳斯主义的心了。我半侧身，立刻走向我那套牙齿收藏。我拿出第一颗，一边将它放在手中高高举起，一边走回讲道台，举手投足像个灵魂出窍的女祭司。之后，我带着行业门第中最棒的拍卖师特有的那份熟练和优雅，将拍卖词娓娓道来。

夸张故事之一

第一件拍品。虽然品相稍有损坏，但考虑到拍品年代久远，整体状况甚好，甚至可以说极佳。牙尖之所以平整，人们推测原因在于原主人柏拉图吃饭说话从不间断。柏拉图先生身高一米六五，体宽八十五厘米：身材中等，但结实如角斗士。淡棕色的胡须长而茂密，如棉花般蓬松。相同颜色和质地的头发也同样茂盛。柏拉图对穿衣规矩视而不见：他喜着无腰带宽松托加长袍，不穿凉鞋。柏拉图先生曾将牙齿生长和陷入爱情相比。他说："在陷入爱情的过程中，灵魂变得欢愉而易怒。灵魂逐渐羽翼丰满，像个孩子：孩子的牙龈因生出乳牙而变得敏感脆弱。"这比喻很美，不是吗？

说到这儿，我为了营造更好的效果特意停顿片刻。晨风从教堂的大门徐徐吹入。我似乎感到一缕神圣之光从天而降，奇迹般地将讲道台照亮。我抬头向上看，结果发现这光是爬到教堂中殿观看台的侍童蒙赫用镜子反射下来的，根本不是什么神光。虽然如此，镜子反射过来的光令我顿时灵感十足。我吸了口气："女士们先生们，谁愿意出最高价买下这第一位恶人满是虫眼的牙齿呢？"

教民们的最后一排座位中，有人举起一只羞涩的小手："1000 比索。"另一个更加热切的声音紧随其后："1500。"之后出价声此起彼伏。牙齿最终以 5000 比索卖出。头场拍卖还算不赖，暖暖场。买家是一位身材矮

小、衣着奢华的老妇人：她虽然长得和善，但藏在这和
善面庞之后的，应该是个一肚子坏水的邪恶女人。"我
喜欢哲学，"这个恶心的老太太说，"尤其是柏拉图，我
喜欢柏拉图的一切和关于他的一切，一切的一切。"我
觉得正因为这个原因，她才出如此高的价格买走了我收
藏中最破的那枚牙齿。我清了清嗓子，开始讲述第二位
恶人的牙齿故事。

夸张故事之二

　　这颗臼齿的主人来自北非，身材中等，胳膊瘫软，皮
肤光滑。他就是来自希波的圣奥古斯丁，他长年有龋齿。
诸位看到这个洞了吗？就是折磨人的龋齿造的孽。假设我
们从这个牙洞进入牙齿内部，并一直前行到连接着奥古斯
丁大脑的牙神经部位，那我们将会得到一份历史上最令人
不可思议的记忆。奥古斯丁先生将记忆比作一片开阔无垠
的田野，它保存了通过感知进入大脑的所有印象及其变体。

田地里还保留有其他被托付于此的东西，比如数学中的抽象数字，年轻时真真假假的记忆。在田野最遥远的地方，甚至还可以找到那些他以为已经遗忘而其实并未忘记的事情。在某个遥远的房间里，我们可以找到当年还是一位年轻修辞学学生的奥古斯丁的记忆：那时的他饱受牙疼的折磨，痛不欲生；家人和朋友围在他身边，误以为他死期将至；过度的疼痛使得他连嘴巴都张不开，无法向众人解释到底是什么病在折磨着他。在某个时刻，他攒起全身的力气在一块蜡板上写下："请你们为我的健康祈祷。"亲朋好友便一起祈祷起来，小伙子竟然痊愈了。真是个奇迹呢。从此他决定献身于上帝，具体方式就是通过几年之后开始动笔撰写的一本书，也就是他那部闻名遐迩的《忏悔录》。我亲爱的买家们，也就是说，《忏悔录》诞生的契机是这颗牙齿带给他的疼痛。谁愿意出最高价买下希波的圣奥古斯丁这颗博闻强记的臼齿呢？诸位愿意出多少钱？

有很多人感兴趣。第一位拍卖者愿意出 500。下一位喊出的价格比第一位少：他想博得我的同情，他说自己已失忆多年，比任何人都需要这颗牙齿。和他坐在同一条凳子上的同伴们立刻让他闭嘴，边逼他坐下，边说他的情况并不特殊。一轮叫价之后，一位面容和身材都像猫头鹰的女士将这枚牙齿拍走了，付了3000比索。我从身后的桌子上取出第三套拍品，然后走到讲道台后。

夸张故事之三

这第三套拍品的主人，身材魁梧异于常人，比例协调，线条出了名地美。他名叫弗朗切斯科·彼特拉克。大家通常叫他彼得拉克，我觉得是因为这个姓听上去更具男性族长的气派。他写诗作词。他和所有人一样散漫。他性格多变，声音动听，技艺超群。几年前，作为纪念彼得拉克去世七百周年的活动之一，意大利政府希望能够准确复原其遗骨。一队科学家将他的坟墓打开。在拼接头骨的过程中，科学家们开始怀疑这些遗骨的真正主人可能是一位女性。

在我看来，他们的疑虑应该来源于头骨尺寸过小，小到令
人不敢相信这脑袋居然属于伟人彼得拉克。他们将从肋骨
和牙齿上收集到的 DNA 样本送了回去。几天之后，队伍
的领头人卡拉梅里博士对外宣布，虽然样本结果并不精准
且不能盖棺定论，但至少证明了他们的猜想：遗体的头骨
和身体属于不同的人，但仍无法确定性别。因为无法确定
性别，所以最终只能鉴定此头骨为"赝品"。可怜的彼得拉
克。当时没有任何一位意大利政客想到，棺材里躺着的那
具尸体可能不是彼得拉克的，但头骨是他的。经过几年的
研究后，我确信这颗犬牙的主人是彼得拉克。牙齿是一块
白板，反映和刻印了我们犯下的所有恶行和拥有的所有美
德。在彼得拉克先生身上，我们看到的是性格暴躁、思想
尖锐、沉迷肉欲：他比公羊还要性欲旺盛。瞅瞅这犬牙的
长度。这位先生可是位名副其实的采花大盗。他曾多年骚
扰雨果·德·萨德伯爵的妻子，也就是容貌惊为天人、行事
谨小慎微的堂娜劳拉·德·诺维。后者对他并不感兴趣，他
便去挑逗拜访圣塔克拉拉教堂的寡妇们。因为他的臭名无

人可比，我亲爱的教民们，我不得不抬高起拍价：1500 比索，谁愿意拍下？谁？

　　一名几乎秃顶、细脖子、脸长得像小猪存钱罐般的男人出 1600。当他张口喊出价格时，我注意到他嘴里一颗牙都没剩。没有别人举手了，彼得拉克的旧牙就这么被卖了出去。像地狱三头犬刻耳柏洛斯一般站在收藏品旁的路易吉神父，伸出手将第四件藏品递给我，耸耸眉毛示意我继续。

夸张故事之四

　　很久以来，这件物品便是小尺寸便携式收藏品市场中众人垂涎的抢手货。它的原主人蒙田先生个子矮胖，鼻子短而扁平，额头似猪屁股。这位矮胖恶人的灵魂根本容不下他狂妄自大的禀性。他不止一次说过："在我所有的研究对象中，我自身是被研究最多的。我是我的形，我也是我的形而上。"各位能想象到吗？他身高至多一米四七。虽然他脑中的想法有力且丰富，但他的头发又少又稀疏。他的目光真挚而平和。他的身体语言介于忧愁和愉悦之间。但他不善于各种日常活动，甚至笨拙得可笑：他的手稿字迹令人难以识别，连一封信都折不好；不知道如何安马鞍，也不会驯鹰并放它飞翔；在狗面前，他毫无威信；不懂得如何与马交流。他明显是个废人。但是，除了扁桃体经常发炎外，他的口腔和牙齿从未出过任何状况。他喜欢近乎生的肉，甚至鱼肉也喜欢吃生的。除了甜瓜之外，他不喜欢任何水果或蔬菜。也许正因为这样，这颗牙齿的状态如此之好，品质也上乘：个头细小，稍许尖利。这枚牙齿为何能保持长时间的良好状态呢？蒙田先生曾说过："J'ay aprins dés l'enfance à les froter de ma serviette, et le matin, et à l'entrée et issue de la table." 翻译过来意思是，他从幼时起便学会在晨间、晚饭前和晚饭后用餐巾擦拭牙齿。有谁愿意买下蒙田这颗干净透亮的牙齿？

台下的人潮中掀起一波异常的兴奋。我最喜爱的这件拍品被卖出了 6000 墨西哥比索的高价。买家是一位脸庞令人过目就忘、身形具有明显地中海人特征的老太太。我不知道为什么所有地中海的漂亮姑娘上岁数后身材都会变成一个个小盐瓶子。

在此轮竞价接近尾声时，我开始觉得自己像是教皇约翰·保罗二世。我想象着自己在众人簇拥下步入体育场，高举一只手向民众示意。墨索里尼、麦当娜、马拉多纳、斯汀、波诺甚至连勒罗伊·范·戴克都会嫉妒我。我士气大涨，马不停蹄地开始下轮拍卖。

夸张故事之五

虽然卢梭先生的所有牙齿中仅一颗流传至今，但此颗牙非比寻常。我们这位可爱的恶人拥有着贵族所特有的身形。他脸上哪怕最为细微的表情流露，都像是被敏锐而强势的道德心紧紧扼住。他的双眸灵动犀利，但目光却并不

令人感到压迫。无可否认，他智慧超群，但他那孩童般的
幽默感令人痛苦。他相信人性的善良，认为自己尤为淳
朴。他因为溜肩而使用垫肩。但是他那充满男性气息的大
下巴弥补了此先天不足：宽厚，方正，被中间的美人沟一
分为二。他从未向别人展示过被下巴遮盖住的牙齿，即便
是私下也不行：因为长得太丑了。他心里清楚自己的牙齿
丑陋至极。他对普鲁塔克的作品有着巨大的热忱，并从中
学到了若干美德和诸多恶习。在《对传》中，普鲁塔克讲
述了一段关于妓女弗洛拉的故事：弗洛拉每次离开她的情
人庞培之前，都必须让庞培在她的嘴唇上留下齿痕。读了
这一段故事后，让－雅克－卢梭先生便养成习惯，要求
情人们离开之前咬他。但他却不会咬他的情人。因为就像
我之前所说的，若用一个法语词来形容他的牙齿，那就是
"épouvantable"：可怕极了。他这说法真不夸张。我们面
前的这件拍品如此恐怖，值得为它立碑。谁愿意出最高价
买下卢梭这颗孤零零、长满污垢的牙齿呢？

人有时候就是这么病态和肮脏，就算他们本不想堕落成这副模样。买家们喊出的价格前所未有地高，我觉得他们仅仅是想研究一下这颗糟牙。经过一轮激烈角逐后，它最终被一位带着外国口音、牙齿完整但微笑神秘的先生带回了家。拍卖价是 7500 比索。

夸张故事之六

试问谁见过如此突出的下颚骨？这颗变形了的犬牙的可怜主人便是查尔斯·兰姆先生：他的下颚如此异于常人，以至于他总是半张着嘴。因为这颗犬牙总是摩擦舌头和上唇，结果导致了大面积糜烂和疼痛无比的溃疡。所以，我认为以下推测并非离谱：兰姆先生创作的所有作品（他的作品又好又多）是饱经牙病折磨后的产物。他说话结结巴巴像个牛犊子，他的文字和他说话一样结巴。一次，他给朋友华兹华斯的信中写道："就现在，我那尖尖的牙齿，刺痛着我的舌头，舌头也正要，下流挑衅地上前应战牙齿；

牙齿和舌头扭打起来，舌头，如毒蛇般地自虐，而牙齿，不断激怒里外牙龈；舌头和牙，牙和舌头，打个火热；而正要付账单的我，嘴巴烫得如同口含硫磺。"800 比索！800 比索买下兰姆的这颗结巴牙！谁愿出更高价？谁愿意要？

没人愿意要。

夸张故事之七

现在我们面前的这颗臼齿，来自于这位游手好闲、无欲无求之人，举世无双：堂 G. K. 切斯特顿。身高一米八，体重一百一。身材厚实得像用来酿制便宜货的大酒桶。他的后脑勺如同睾丸般肥得下垂，脸颊凸出，紧锁眉头时眼睛陷进皮肉。他喜欢豪饮牛奶。这块臼齿的状态虽然不尽如人意，但却具有并不多见的魅力：牙尖处有一道偏紫色的槽沟，而这块腐烂的牙槽意义重大。曾有人怀疑，造成牙齿破损的原因在于切斯特顿先生偏爱咀嚼玻璃球，他自己也承认过。我记得他的原话用英语这么说的："人们常说，用宝石换嘴里的面包，这无可厚非。但是在地质学博物馆里有那么一批秀色可餐的红宝石和蓝绿碎钻，我看到后，多么希望自己的牙齿能够变得更加坚硬啊！"谁出高价？

话音落下，众人沉默许久。"谁出高价？"我又问了一遍。关于我最喜爱的这位闲人的夸张故事，最终让这颗牙才卖了不到 2500 比索。

夸张故事之八

有些牙齿饱受折磨。这颗牙就属于这种情况，它的主人便是弗吉尼亚·伍尔芙女士。当伍尔芙还未满三十岁时，她的精神医生发明了这么一个理论：伍尔芙多愁善感的毛病，根源在于其牙根周围滋生了过多细菌。他决定给她拔下三颗感染最为严重的牙齿。并没有解决问题。在她一生中，又有若干颗牙被拔掉。还是没有解决问题。伍尔芙女士最终被自己折腾死了，去世时嘴里有很多假牙。她的熟人们从未见过她微笑是什么模样，结果在葬礼上却见到了。据说，死去的伍尔芙躺在客厅中央半开的棺材中，脸上的笑容照亮了整个房间。谁愿意为这颗饱受折磨的牙齿付8000比索？谁愿意？

　　一阵沉默后，一名面容倔强却令人尊敬的先生出8900比索将它买下。当我那最后一遍"成交！"话音刚落、拍卖槌砸在讲道台倾斜的桌面时，我听到从教民队伍里传来一声鸟叫。

　　"哈辛托，你安静点！"一个声音紧接着说道。

　　但是鸟叫声又响起。这时，我注意到一个矮个子男人从第三排座位站起来，站到长凳上。他摘下大檐帽看着我，凝视的姿态仿佛身处某个遥远的地方，然后缓缓张开嘴，又发出了一声鸟叫。人群中发出了一阵窃窃私语，内容不详。

　　"哈辛托，你给我闭嘴！坐下！"另一个声音说道。

很多人纷纷对此表示支持。但是这位先生对这帮老
阎人的抗议置若罔闻，而在讲道台后大权在握的我则命
令其他人闭嘴，让这位先生继续。他又发出一声怪叫，
嗓音提高了不少，并且更为自信。结果大家一下子都闭
了嘴。然后，他带着宛如职业舞者的那份优雅，双臂抬
到肩部的高度，一边怪叫一边模仿鸟儿飞翔的模样，缓
缓地扇起胳膊。我不是个爱哭的人，但是这一幕给我带
来的悲伤，令我如鲠在喉。

这位先生的鸟类模仿秀结束后，他在长凳上坐下，
帽子扣回脑袋上。我费了很大精力才得以将中断的夸张
故事系列继续下去。因为教堂长凳上的这位老人无法完
成的飞翔而造成的片刻中断，让我体会到了深入骨髓的
感动。

夸张故事之九

先生们女士们，我们面前这倒数第二件拍品浑身上下

散发着谜一般的哀伤，通体犹如天使。诸位注意到牙齿下侧的曲线了吗？看上去简直就像是在飞升中的天使的翅膀。它的主人是身材中等的豪尔赫·弗朗西斯科·伊西多罗·路易斯·博尔赫斯。他那短而细的双腿支撑着结实精瘦的身体。他的脑袋和小椰子一般大，脖子长而灵活。眼珠不断从一侧瞥向另一侧：虽然丧失了视力并对阳光的刺激也毫无反应，但这双眼睛却随时迎接着美好想法所带来的光明。他说话节奏缓慢，从容不迫，仿佛是在黑暗中寻找合适的形容词。他是位泛神论者。各位愿意出多少钱？

博尔赫斯这颗哀伤的牙齿最终才卖了 2500 比索，令我大跌眼镜。

夸张故事之十

先生们女士们，我们这最后一件藏品是一颗臼齿。它的主人还在世，带着他那如神兽般的从容和不死幽灵般的轻盈游走四方。这颗牙齿的主人就是恩里克·比拉－马塔斯先生。而这颗牙从他嘴巴里掉出来之前，就已经被作家写入作品了。

接下来，我向众教民讲述了发生在比拉－马塔斯先生身上的一段故事。"一天，我们提到的这位比拉－马塔斯梦到在睡觉的时候掉了一颗牙，之后一位名叫雷蒙·鲁塞尔的先生走进他的房间。鲁塞尔像陆军上校般大喊大叫将他吵醒，喋喋不休地讲了一堆关于饮食的建议，内容颇为夸张。离开之前，雷蒙·鲁塞尔将掉在床单上的牙齿捡起并放在自己挎包的兜里。第二天早上，比拉－马塔斯先生掰开嘴，看看自己是不是真的掉了一颗牙。满口牙都好好的。之后他尝试写一个关于梦境的短篇小说，目的在于预防在真实世界中重返梦境的可能。但是他一直未能写完。

"若干年后，当比拉－马塔斯先生和塞尔吉奥·皮托尔在维拉克鲁兹的波特雷洛镇大快朵颐、猛吃大虾时，他将这个旧梦讲给他的朋友。故事刚讲了一半，一颗牙突然从他嘴中脱落，落在盘子上，和大虾混在了一起。博学多才、热爱玄想的塞尔吉奥·皮托尔先生让比拉－马塔斯将牙齿送给他。他认识一位通灵巫师：这位巫师将世界上最棒的男男女女的牙齿埋起来并举行白巫术仪式，为牙齿的主人们祈求永生永世的好运。比拉－马塔斯先生略带犹豫地将牙齿交给了他，但是他还是信任这位朋友会说到做到。

　　"先生们女士们，我又是如何得知此事的呢？"我冲着台下目露怀疑的教民们说，"因为这位巫师就是我的堂叔，卡德摩斯·桑切斯，我的姑奶特蕾法莎·桑切斯的儿子。我堂叔卡德摩斯几年前去世了。他的儿子，也就是我那个傻乎乎的、不值一提的堂弟，给我打电话说他爸爸留给我一份遗产，如果我感兴趣的话请立刻赶来波特雷洛。我当晚便坐上大巴。我想诸位猜也猜到了，我的表叔卡德摩斯给我的遗产是一套声名狼藉的恶人们的牙齿。这些牙齿之前被他埋在波特雷洛镇外一棵美丽的芒果树下。他在一张便条里向我解释道，这份财产将在几个月之内被政府收缴，因为在埋藏的地点将建起一座发电厂。所以，他交给我一个任务：将今天我们正在拍卖的这些神圣的牙齿从地里挖出来，把它们托付给更好的主人。这套牙齿今天就在我们面前。这最后一颗，比拉－马塔斯先生的牙齿，谁愿意出高价？"

说实话，我真不记得最后到底拍出多少钱。我当时已经处于麻木状态的巅峰，正是这几乎布满毒气、直到此刻还算成功的拍卖会令我麻木。拍卖这行当令我陷入无法抑制的痴迷，如同某些人沉迷于游戏、药物、性爱或是谎言一般。我越拍越想拍，越卖越想卖。当我还年轻时，每次从拍卖行出来，我浑身上下都被成交再成交的欲望牢牢裹住，想把眼前的一切都拍卖掉：在路上看见的车，红绿灯，大楼，狗，步履蹒跚的老人，漫无目的地从我眼前飞过的虫子。

台下的教民们和我一样，被这场拍卖会粗鄙的阵阵毒雾迷得神魂颠倒。他们还想要。显而易见，他们还想继续买。而我呢，喜欢讨别人欢心：倒不是因为低三下四或是恭敬谦卑，而是因为我这人善于关心别人，性格和蔼可亲。可是手中的藏品都卖完了。我脑子一热，一拍大腿：我决定，把自己拍卖出去！

"我名叫古斯塔沃·桑切斯·桑切斯，"我说，"我就是那举世无双的高速路。我就是我的牙齿。诸位看得见，虽然它们有些又黄又破，但是我向大家保证：这些牙齿曾经属于玛丽莲·梦露本人。不需要我做任何介绍、讲任何夸张故事，诸位也知道她是何许人也。如果诸位想要买下它们，必须一整套一齐买下。我不会做过多解释，也不会讲夸张故事。"

"谁愿意出高价？"我问道，语气平和镇静。

接下来发生的事情，我不知道是否应该归结于我的好运气。我能告诉你们的是，我可是个伶牙俐齿、混迹八方的老手。"谁出高价？"我冲着台下无动于衷的众人又问了一遍。有人举手了。我之前料想的事情终于发生了。"我出 100 比索。"悉达多将我买下。

LIBRO III

PARABÓLICAS

书 三

比喻故事

如果一个单词在任何可能存在的世界内都指向同一事物，那么它便是个"严格指示词"（rigid designator）。当然，前提并不需要该事物在所有世界都存在。如果这个物体不论处于何处，指示词都指向它，那么可以说，此指示词严格地指向某一特定物体。

——索尔·克里普克

我的叔叔马尔赛罗·桑切斯－普鲁斯特曾在日记中写道：

当一个人在睡梦中时，时辰的游丝以及年岁和世界的顺序便在他身边围上一圈。当他从睡梦中醒来时，他本能地向它们询问，一瞬间便知晓了他在地球上的方位、在梦中度过的光景；但是这些时空的顺序会变得错乱无章，甚至断裂破碎。

我从睡梦中醒来时，从未错乱或断裂过。我就是人们口中那种从不糊涂、不屈不挠的男人，所有生性简单的男人都是如此。每天，我都向这个不眠不休的世界，送上我那适度但坚硬的晨间勃起：我与世界的每日约定是如此简单而美好。

我的情况并非不常见，而正相反，很常见。近期科学研究证明，大部分男性在每天早晨醒来后、做任何其他事情之前都会首先注意到自己那肿胀而坚挺的性器官。原理简单得很：在晚上，身体将血液输送到男性性器官，目的在于维持温度、保障其健康和正常功能。所以，很多男性在醒来时身体都会出现的勃起现象势头强劲，令人颇感自豪。这强有力的勃起，就像是经过一夜幽眠后抛向清醒世界的第一只锚。女人们不会体验到相似的感觉。而正因为如此，她们在醒来时会感到失落十足，温和而忠诚的卡戎不会将她们从世界的一端送向彼岸。

这个被众人下流地称为"支帐篷"的雄性生殖现象是生理上的，而绝不是心理上的。但是，和其他众多生理现象一样，勃起很快被人们当成某种精神和心理健康问题。如果男人对晨间勃起后的阳具不理不睬，过一会儿后（也就是喝口咖啡或是冲澡的工夫）阳具变软，那么在这一整天里，男人的脾气会越来越臭，浑身满满的怨气和愤怒。他会变得严肃固执，在沉默中施加暴力，甚至会对身边的人产生不忠和背弃的想法，包括他的家人和工作同事。但是，倘若睡在他身边的那个人关爱他、将他体内积压的股股热流释放出来，那么男人一整天都会心情颇好，态度温和，行为克制；甚至，他的心肠都会变软，尽显博爱仁慈的一面。这些科学解释，先说到这儿。

　　我的叔叔马尔赛罗·桑切斯－普鲁斯特对世间万物有着诸多理论：他说男人必须和一个理解上述男性生理现象的女性结合。用他的原话来讲，男人所选择的女人必须能够"舒缓那些因时间拉伸而变得敏感的男人们在漫长的睡梦中在体内积聚的愤怒。"他说的这番话并没有人听懂。但是他说，正是因为这个缘故，他选择和婶婶纳迪娅结婚，不离不弃直到死亡（我这可怜的婶婶死于心绞痛，和贝尼托·胡亚雷斯的死因相同）。纳迪娅婶婶很可能是个心机颇深的女人：她虽然穿着打扮像个孤儿院的教导员，但毋庸置疑，是一位"晨间舒缓"大师。

在这件事上，我的运气从来都不怎么样：也许是因为一个天生好运之人（比如我）的运气所覆盖的范围并不能触及人类各种经历中那些私密而分散的角落。运气所达之处，轨迹如同钟形曲线，总是触不到边边角角。小瘦子满足我的需求直到她怀孕，算算只有两个星期的光景。之后，她便对我置若罔闻。她面对别人的需求（尤其是我的需求）态度总是很差。但是，我生命中的其他女人也未能舒缓我的晨间欲求。瓦内虽然长得不丑，但是口气像小鸡一样臭。所以在这段婚姻中，我是那个规避人体接触的人。而薇洛呢，睡觉时候的模样居然和前总统费利佩·卡尔德龙出奇地相似。我觉得可能是因为她睡觉的时候脸会肿起来，尤其是嘴巴、鼻子和眼皮那里。虽然我很想和她亲热，但每当我看她睡觉时的那副模样（面部因睡梦而肿胀扭曲，神似将我们国家带入黑暗年代的那个总统），恐惧便会嗖地钻进我的身体，吓得我不得不轻手轻脚地下床，默默地冲上一杯浓咖啡压压惊。最后，来说说瓦尼娅：她早上醒来时脾气大得很。我从来都不敢主动求欢，因为害怕她从桌子里拿出链子，然后压在我身上抽我。我每次都会等着她迈出第一步。她一般会链子在手，说出一串晦涩难懂的多音节指令，类似于"高速路，跪下舔我！"，或是"高速路，你给我在这里躺下求欢！"，或者简单的一句"高速路，满足我！"不论是何种情况，谢天谢地，瓦尼娅却从未迈出这第一步，而我则学会了隐忍。我隐忍的本领无人能及，所有信奉天主教的男人皆如此。

在那个早晨，那个我经历了一次短暂被绑架的早晨，下身的勃起引起了我的注意：像是陪伴在我身边的一位忠诚的提盾侍从，它的出现令我每天在同一时刻恢复神志，从梦境回到现实。我希望能让它舒服、让自己舒服，但是双手却感到无比沉重，令我无法继续行事。我猜我又继续睡了过去，脑子里想着我那位悲观的叔叔詹姆斯·桑切斯·乔伊斯常说的那句话："历史是一场噩梦。
我们身处噩梦，努力试图醒来。"我不知道我睡了多
久，也许是几秒钟，也许是几分钟。当我重新恢复神志
后，一股刺鼻的味道扑面而来。这味道类似于刚刚刷完
漆的木头。我立刻感觉到双目间的鼻腔内火辣辣地疼，
令我难以忍受。我躺在一个冰冷而坚硬的地方，但额头
两侧却汗如雨下。我的脑袋像小鸟的心脏般震颤着。我
感到舌头上一阵奇特的刺痛，喉咙里散发着鲜血的铁锈
味道。四周的寂静将心脏在胸口疯狂的跳动声放大，放
大。而在这寂静中，我听到了一声嘟囔，或许是因呼吸
困难而发出的鼾声，听上去又像声呻吟。我想来想去，
猜到自己应该睡在一个多人间，身边有人正在睡觉。我
不想睁眼，试图再次进入睡眠状态，但失败了。

　　关于路易吉神父的教堂拍卖我能想起来的最后一件
事，就是小佛牵着我的手从教堂走到大街上。在那一刻
我突然想起来，上一次我们牵手时，他的小手被包裹在
我的大手里。但是这段回忆令我瞬间呼吸困难，我很想

号啕大哭。我们手拉手走过广场，走到一辆在街角等待我们的汽车旁。我一路唱着"啦啦哒！啦啦哒！"，尝试向悉达多阐释小红帽故事倒着讲的欢乐与玄妙。但悉达多却直视前方，理都不理我。他这副样子很像某些父母：当孩子们试图向他们解释某些复杂的事情时，他们选择了忽视。

　　我闭着眼睛，试图沉溺在轻眠的甜蜜中。我的舌尖在上颚缓缓游走，而就在此时，我的世界瞬间崩塌。当我正准备舔舐我那一排如贝尼尼设计的圣彼得广场柱廊般神圣纤美的弓形牙齿时，居然发现牙床空空如也！空空的。空空的！一颗牙都没有。唉呀玛丽莲！我一只手伸到嘴边，猛得睁开双眼。我摸摸嘴唇、舌头、上颚和那光秃秃的牙床。空空如也，一颗牙都没有。若是圣彼得广场的伟大建筑师在某一天来到梵蒂冈后，站在这个提前代表了天主教最为辉煌的建筑高度的广场里，却发现矗立在四周半圆形柱廊里的陶立克立柱消失了，他会怎么做？我的牙齿，我那碌碌人生的代表建筑，我那拍卖师事业的明珠，已经不在了。

我环顾四周，观察我睡觉的这间屋子的环境：结果比我想象的还要糟糕，简直就是地狱。我面前的墙上有一块屏幕，屏幕里投射的画面是一个无比巨大、身形异于常人的小丑。他凝视着我，表情平和。恐惧将我牢牢抓住，合乎逻辑的做法应该是赶紧起床、冲向小屋子那扇半掩的门后逃离。但害羞的我动都不敢动：我勃起了，勃起得坚韧而毫无道理，我无法从床上起身。我竖起脖子，再次环顾四周。四面墙上挂着的四块屏幕里，四个患有紧张症的小丑正盯着我看。

我坚信自己已身陷地狱。突然瞬间坠入地狱大门的原因，可能是因为我轻易地答应了参与圣阿波罗尼亚教堂拍卖会。或者还有一种更为可怕的可能，就是我被绑架了：在这个国家，人命不值钱，比墨城到阿卡普尔科的一张金星长途大巴车票还便宜。

面前屏幕里被放大的这个小丑，脸被涂成白色，黑色的嘴巴微笑着。他光秃秃的脑袋上戴着一顶卓别林式的帽子，帽子特别小。我将脑袋转向右边。另一只同样身形夸张的小丑穿着彩色网格连体衣，脸上涂的颜料几乎是血红色的，大脑袋两侧冒出几撮黄毛。我左边的小丑则身着白色网格连体衣，围着黄色鸭毛织成的围巾；他的脸被涂成粉色，真眉毛上方又画了若干条不同颜色的假眉毛，一根根搭成楼梯通向秃得精光的大头顶。不用说，这三个小丑都顶着个常见而可怕的球形鼻子。我不想过多研究站在我背后的那个小丑，我只是看到一只肥大的黑鞋和红黑相间的脸庞。经我这么匆忙快速地瞟了一眼之后，我觉得四个小丑里最令我毛骨悚然的就是他。我转回头，冲着面前的白脸小帽子小丑。就在此时，令我大惊失色的事情发生了：我面前的小丑冲我眨了眼睛，眨了两下。

我等了几秒钟，看看他是否会重复刚才的举动，还是我已经晕头转向到产生幻觉了。不仅小丑眨了眼睛，而且我突然听到从房顶角落传来的一个声音，而小丑却并没有张开嘴巴："方希乌尔，这一切几乎都很美，不是吗？"我没回答，因为我觉得他显然不是在和我说话。"高速路，你就是个白痴！"我心想。"白痴。"我大声重复道，虽然气势很弱。

我的声音听上去很陌生。没有牙齿的坚固支撑，从我嘴里说出的句子像是被击败的老人嘴中嘟囔出的一口轻飘飘的气，气若游丝。就在此时，从房顶上又传来那个平静而缓慢的声音。这个声音充满了某种形而上的慵懒，这种慵懒常见于青少年身上。他模仿我说：

"白——痴——"

"您是谁？"我警觉地问道。

"你别装了，方希乌尔。"

"您说什么？"

"我说你别装傻了，方希乌尔。"

"您可把我弄糊涂了。我是古斯塔沃·桑切斯·桑切斯，您也可以叫我高速路，随时为您效劳。"

"你别装傻了，混球。快告诉我，你把我的卸妆膏藏哪儿了！"

"我不清楚您到底在说什么。"我回答道。

这时候我注意到那个声音是从房顶的喇叭传出来的。房间里还有另外三个喇叭，在房顶的四角。

"我的卸妆膏，方希乌尔你个混蛋。我的脸都快要裂开了，我要卸妆！"

"我不用卸妆膏啊，我又不是女人，也不是小丑，我不化妆。"

"你说你不是小丑？臭不要脸的方希乌尔，装疯卖傻，满嘴谎话！"

"我叫古斯塔沃·桑切斯·桑切斯，大家都亲切地叫我高速路。"

"得了吧你！"

"我是这世界上最棒的拍卖师。"

"哦？是吗？那你这次来，是为了卖给我们什么？"

我不知道该如何回答他，便默不作声了。小丑继续说个不停。他问我知不知道"珍珠的比喻"，但还没等我回答，他便将故事细细讲来。他给我讲故事的模样，先是在哄小孩子或是唬游客，吐字缓慢，用词准确：

> 天堂仿佛藏匿在田野中的宝藏。当一个男人找到这份宝物时，他便又将它藏起。这一找一藏给男人带来的快乐，使其倾尽所有将田地买下。

"方希乌尔，你会怎么办？"

"我？我觉得什么都不做更好。"

"白痴。"

"为什么叫我白痴？"

"因为方希乌尔你什么都不懂。"

小丑眨了眨眼睛，然后毫不遮掩地打了个长长的哈欠。他对我说：

"方希乌尔，你是我见过的人里最最无趣、最最愚蠢的。别人讲的笑话，你总是笑不起来。你不懂得如何欣赏幽默。这一点恰恰说明了你智力上的缺陷。"

说罢，他马上闭上眼睛。从他的呼吸声我隐约判断出，此刻的他已睡死过去。

小时候，每次当我参加那些漫长无聊却又不得不去的家庭聚餐时，我那位穿着塑料凉鞋、爱耍酒疯的堂哥让-保罗·桑切斯·萨特总会在聚餐即将结束、差不多快要上甜点时说："地狱即我们，我们即地狱。"他冲着我们大喊大叫，诅咒我们，有时候甚至向我们身上扔东西或掷散落在桌布上的剩饭（特别是那些米饭团）。然后他会夺门而出，把门重重地摔一下。之后的一段日子他行踪不明，直到下一次聚餐我们才见到他。但聚餐上他又会胡闹，只是变了些撒疯的路数。就这样循环往复，两个月一闹。直到有一天让-保罗犯心脏病，才终于要了自己的命：当时他正在安非他命的强劲药效下玩动感单车。关于家庭回忆，先说到这儿。

可怜的让-保罗，他说的那些关于地狱的理论可能还真有几分道理。我自始至终都认为，地狱充满了可怕

的人，而你有一天可能会变成他们，变成那些令你感到
最害怕的人。对于让－保罗来说，最可怕的人是那几位
他瞧不起的亲戚：道德败坏的叔叔，浑身香脂气的婶婶，
自以为是的表兄弟们。有些人害怕自己的敌人，有些人
害怕大街上自言自语的疯子，有些人害怕当众清洁皮肤
的女疯子，有些人无法忍受穷人、身体残缺的人和流浪
汉。对于我来说，什么人都不会比穿着小丑衣服的人可
怕，因为我总是害怕自己也会变成小丑。而此刻的我，
丢掉了满口牙齿，瘫在地板上，面前是投射在录影里半
睡半醒、抑郁到精神极度紧张的巨型小丑：而我居然被
认为是他们当中的一员。

　　我心中突然产生了拔腿就跑的冲动。刚才令我动弹
不得的勃起的阳具现在已经完全疲软，阻止不了我了。
但是我又觉得逃跑不是办法：往哪儿跑？有什么好处？
我缓缓地站起身，绕着屋子转：这个屋子横着大约有
二十个脚长，竖着十五个。除了墙上放着小丑影像的显
示屏之外，没有其他任何大件摆设了。房间那扇半遮半

掩的门旁边写着一行小字："乌戈·罗迪尼。《我们将从这里走向何方？》。录影装置艺术，声音，染料，木材，霓虹灯。"我从屋里探出身子，望向门口，可以看到这间屋子连着另一间更大的屋子。大屋子里四处摆着微弱的探照灯，灯光将一些物品照亮：被解剖的狗，毛绒连体衣，支在三脚架上的乐谱，某种人造假腿。

　　房顶又出现了那个慢悠悠的声音，但这次却是从另外一个扩音器里传出来的。

　　"方希乌尔，你还没走啊？"

　　"我能去哪儿？"

　　"你答应我把我妈妈的甲壳虫从停车场取回来，你别假装你没说过。都是你的错，车才被拖走。"

　　"我没答应过你啊。你是谁？你在哪儿？"

　　"我就在你右边。"

　　我开始明白游戏规则了。我弄清楚了：虽然他们的声音都是一样的，但现在和我说话的，是站在我右边、穿着彩色连体衣的那个小丑。第二个小丑怪罪我，说

我把甲壳虫停在了一个明显是为残疾人准备的停车位
上。他说我不仅不体谅残疾人，而且对他和他的母亲来
说，我的举动属于极端暴力的被动攻击行为。他继续解
释道，对他人感受的忽视以及被动攻击行为，是抑郁症
患者的典型特征。因此，我很明显是一个内心压抑的
人。然后他说请恕他直言，我应该考虑去看看心理或精
神医生，他可以给我他医生的电话。此外，他还建议我
每天至少要睡八个小时，戒酒，一定要做大量运动。因
为通过运动，小脑和下丘脑会释放大量血清素。我打断
了他：

"为什么你不去取那辆甲壳虫？你在那儿躺着做
什么？"

"我吗？我就在这里待着，在脑子里'制造'一些
想法。"

"什么叫'制造'想法？想法可不是'造'出来的。"

"你什么想法都不会有。我有。有很多。一大群一
大群、一大堆一大堆的想法。"

"哦是吗？什么样的想法？"

"比如说现在，我就在想河马这种生物不仅危险，而且实在令人讨厌，应该被消灭。"

"这想法够深刻的，"我强装出讽刺的语气说，"还有什么其他想法？"

"我也在想，意大利政治简直可笑；街上的流浪狗虽然性格温顺而且极为自由，但可能会变得暴力；到处都是爱折磨人的夫妻；人们因为恐惧而变得顺从；《小王子》成为了四十来岁艳俗女人的读物；公历里有那么多的圣人节日，这根本毫无意义。"

"哦。"我说。也可能我没说出口，也可能我只是叹了口气，也可能吸了口气。

"比如，我还在想：你之所以忘记取车，可能和'撒网的比喻'有关。"

"这又是哪门子比喻？"

"闭嘴！你给我听好了。"

天国也仿佛那撒向海中、捕捉各种鱼类的渔网。渔网满了，人们便将它拉回岸边。人们坐下，从网中捡出好鱼、扔掉坏的。世界末日也会如此：横空出世的天使们，从正义之人身边将坏人挑出，并将后者扔进火炉。从那里传出的，是鬼哭狼嚎和咬碎牙齿的恐怖声响。

"我一点都没听懂。"我说。

"你不觉得可疑吗？"

"有什么可疑的？"

"你就是个没牙的可怜虫，世上的人与物你忘个一干二净。你不配活在这个世界上。"

"也许吧。"我说。栖息在我体内的愧疚小思绪从胸口中央逐渐扩张开来。

"你个无足轻重、爱撒谎、平庸、臭记性、长着小瘦腿儿的方希乌尔，现在你会去取我的车了吧？"

"好吧，也许吧。"

　　小丑陷入了沉默。这沉默持续了一段工夫，足以使我意识到我们之间的对话已经结束了。小丑说的话也许有些道理。也许我的确应该为第一个小丑取来他的卸妆膏，为第二个小丑把他妈妈的车找回来。另外，我也无其他事情可做。但是，走之前我必须问清楚车停在哪个停车场、卸妆膏又被放在哪里。我耐心地等着，等着那人声再次响起。

　　十五六岁的时候，我第一次意识到小丑让我心中产生了异乎寻常的恐惧。当时我在巴尔德拉斯地铁站，身边是少年时期的唯一一位好友，外号"小棍子"的切马·诺维洛。大约刚过晚上十一点，我俩刚从墨城市中心一个小酒馆玩完骨牌回来。除了等末班地铁的我和小棍子，车站里空无一人。突然，我俩听到了一声重重的叹息，然后立刻传来喘粗气的声音。然后又是一声叹息，然后喘粗气，然后叹息。我们环顾四周：车站里什么都没有，连个鬼影都没有。然后，小棍子离开我跑到站台通往间层的楼梯上去了。他瞬间呆住了，整个人都僵在那里，立刻招呼我过去，手指放在嘴边做出嘘的手势。我小心翼翼地走到他身边。在楼梯末端的台阶上，蹲着个裤子褪到屁股一半、正在尽情大便的小丑。我试图压住从肺部反上来的似打嗝般的爆笑冲动，但还是没忍住。我那笑声像是喘息，被自我抑制的消音器过滤。小丑抬起头，瞪着我们：他仿佛一只毫无戒备的动物，与潜在的捕食者四目相对后，立刻发现其实对方才是真正的猎物。他半提裤子向我们扑来。我们俩拔腿就跑：我觉得那次跑得比任何时候都要远。

　　仓皇逃窜的我们沿着迷宫般的巴尔德拉斯站的楼梯绕啊绕，像两只被下了药的仓鼠般寻找逃生出口。小丑刚拐过通道的拐角便将我擒住，然后把我绊倒在地。他扑到我身上，就像是男人扑倒在反抗他的女人身上。虽然我并不确定，但我猜小棍子此时此刻已经尿在裤子里了。小丑按住我的小腿，然后他的脑袋重重撞进我的肚子，圆球状的鼻子猛扎我的肚脐眼。他那化了浓妆的脸在我的白衬衣上蹭。但令我困惑的是，不知是因为感到耻辱还是自然流露的伤感，他顿时号啕大哭起来。

过了几秒之后，我终于得以喘息，从小丑那精疲力竭的身子底下爬出来。小棍子和我走在巴尔德拉斯站空空如也的通道里，步伐缓缓，一言不发，直到找到一个逃生出口。

我俩拿这件事情开了好几年玩笑。和熟人提起时，我们讲述的版本也变得愈发夸张起来。但每每提起这件逸事，在笑声和滑稽背后，我总是感到胃里有一块滚烫的石头。我想，小丑那带着屈辱意味的眼神所留下的灰烬，始终在我脑海里挥之不去。

过了几小时后，那个年轻人的声音，那个无精打采、带着鼻音的声音，又从房顶上另一个喇叭里响起。

"伟大的方希乌尔！"他说，语气充满了残酷的挖苦。

我猜现在和我说话的是位于我左边的小丑，那个有着阶梯眉毛的小丑。

"伟大的方希乌尔,我知道你在想什么。"

"我在想什么?"

"你在想,你比所有人都棒。"

"不,你说得不对。"

"你听说过'财宝的比喻'吗?"

"没听说过,"我回答道,"但最好还是让我给你讲一个比喻的故事吧,'红发男子的比喻',哲学家丹尼尔·哈尔姆斯讲的。你听过吗?"

"没听过。"

"那你听好了。丹尼尔·哈尔姆斯曾说:

　　曾经有一个没有眼睛也没有耳朵的红发男子。他也没长头发,所以说他是红发男子仅仅是理论层面的形容而已。他没有嘴巴,不会说话。他没有鼻子。他没有胳膊和腿。他没长胃,也没有后背、脊椎和内脏。这人什么都没有!因此,我们到底在评论谁这个问题也无从说起。

事实上，我们最好不做任何绝对的评论。

故事讲完了。"

"就这么完了？"

"完了。"

"这算是哪门子比喻！"

"是比喻啊，大师级别的比喻。"

"方希乌尔，你就是个小丑。你没发现你什么东西都拿不出来吗？"

"有时候，我的确这么觉得。"

"你没发现你对自己的认知与旁人对你的认知之间的差距，是多么无穷无尽、无法调和吗？"

"也许吧。"

"方希乌尔，如果你跨过怪癖的边界，那么边界的另一侧则是滑稽：你，就是个小丑。"

"请不要再说了。"

"好吧，方希乌尔，到此为止，不过你得帮我个忙。"

"帮什么忙？"

"我需要一篇《俄国革命》的专题文章。你能帮我从那堆报纸里找出来吗？"

"当然没问题了。"我回答道，瞬间表现得无比顺从。

"我还需要一篇《棉花及其制品》，一篇《北极和南极》，一篇《鲸及其制品》，还有《亚洲的旗帜》。"

"好，我去给你拿。"

"谢谢。"那个声音满意地回答道。

"喂，顺便问一句，你知道他的那辆甲壳虫是什么型号的？"我指向穿红色连体衣的小丑问道。此时他正静静地看着我，时不时地眨眨眼睛。

"白色甲壳虫，型号70，毫无疑问。"

"在哪个停车场你知道吗？"

"我记得是在铁道大街上那个。但是你为什么替他取车啊？"

"因为车被拖走是我的错。"

我等着小丑继续说。但是他并没有立刻回答我。

当这个腹语般的声音再次响起时，我立刻明白了，现在和我说话的是第四位小丑，那个红黑怪脸的小丑。他的声音是从房顶上第四个喇叭传来的。我已经做好准备面对打击、侮辱以及他为了令我屈服而做出的各种放肆举动。但是这个肥猪崽子不知道的是，举世无双的高速路从不糊涂，不屈不挠。我决定先下手为强，假装可怜地说：

"我是方希乌尔，听候你的差遣。我可以为你做什么，小佛？"

沉默。

"儿子，你想要什么？"

"什么都不要。"他沉默几秒后回答我道。

"不，说真的，我可以为你做什么？"

"什么都不用，真的什么都不用。"

"来来来，告诉我。什么事情都行。"我继续坚持道。

"事实上，您什么都给不了我。"

"至少让我给你倒杯水吧？"

"不用。"

"你怎么连水都不喝呢！"

"好吧，那好吧。来一杯水。"

"我去给你拿。"我边说边从地上站起身来，抻抻胳膊伸伸腿。我花了几秒工夫才恢复平衡，但是当我刚刚站稳时，我就带着毫不掩饰的愉快穿过房间，健步如飞。我觉得浑身轻松，像是摆脱了什么。我猜我叔叔费奥多尔·桑切斯·陀思妥耶夫斯基的话的确有道理：毕竟，侮辱令灵魂变得纯净。我冲着那些患有紧张症的小丑们举了个躬，颇有礼貌。然后，我蹦跳着跑出了门："啦啦哒！啦啦哒！"

LIBRO IV

CIRCULARES

书 四

迂回故事

从严格意义上讲，严格性（rigidity）指的是在所有世界中集中命名同一事物，或至少在存在此事物的所有世界里为其命名。数字一类的命名很成功；但对人和物的命名（比如铁路），在不同世界之间没有交集的情况下，我们很难得到一个完全遵循严格性、常见而恰当的命名。但是，一个常见而恰当的名称也可能是"半严格的"：也就是说，这个名称可能用来指称存在于另一个世界的、这个世界名称的对应物。

——大卫·刘易斯

　　我必须报告一件事情：时间是某天早晨，确切几点我并不清楚。在"幽灵之屋"（就像我的叔叔罗伯特·桑切斯·瓦尔泽经常说的那样）足不出户一天一夜之后，我走上大街。我丢了一口牙齿，在冰冷的地面上睡觉，任凭亲生儿子在感情上横加羞辱折磨。虽然如此，我现在的处境奇异怪诞，自己仿佛成了某个身处热带的浪漫探险者。我想，应该是因为好性格的缘故吧。

　　我看着云朵反射的金属光芒，猜快要天亮了。我松了口气，因为发现周围的环境颇为熟悉：这是埃卡特佩克老果汁厂的某个停车场，离莫雷洛斯大街只有几米的距离；我在这里工作了几乎二十年的光景。刚才下过雨，潮湿的空气带着拖车、玉米片和烧焦轮胎的味道。"这是我老家。"我想。我突然想起拿破仑那首大师级的歌：

"正是你这副模样 / 令我坠入情网 / 请不要改变 / 求你听我讲 ／请不要改变……" 我此刻特别想高声歌唱。我还真唱了。

走在拂晓时刻那斑斑驳驳的云朵之下，我唱着歌穿过工厂，走到一个自行车存车处。在一群刚刚到达工厂后停放自行车的人群中，我一眼便认出了我的老朋友塔西佗。塔西佗除了在工厂工作外，还经营着中式幸运饼干的家族生意。他身上裹着象牙色的托加袍，头发梳得一丝不苟，胡子修剪得如同艺术家的画刷，气质一如既往地优雅瞩目。他正试图将自行车拴在帐篷的一个柱子上。他看到我便殷勤地向我打招呼。当我张开嘴向他回敬时，他发现我嘴里的牙没了，震惊之情溢于言表。

"Quid accidit, Carretera?（高速路，发生什么了？）"他用拉丁语问我。

"塔西佗，你也看到了，"我对他说，"我的爱齿被我弄丢了。"

"E longinquo contemplari, si non nocet.（它们若没

114

有受到任何损伤，那么就请远远地欣赏吧。)"他回答道，带着惯有的安详。

"我觉得是我儿子把它们偷走了，"我对他说，"但我并不确定。我想去把它们找回来。"

"Cum cœperint cum faciunt animos nostros facultas amittatur.（在这种情况下，我们才能开始懂得欣赏。)"

"正因为如此啊，我亲爱的朋友。哎！你能借我自行车去找牙吗？"

他和我说自行车是别人借给他的，但如果我保证能还回来，他可以借我用一会儿。塔西佗这人总是理智而慷慨。

"Et spes inanes, et velut somnia quaedam, vigilantium, querido Carretera.（亲爱的高速路，那些清醒之人才可拥有空洞的希冀和梦。)"他边将自行车把手交给我边说。

说罢，他从斜挎在胸前的皮质公文包里拿出一袋子幸运饼干，并庄严地将袋子放到车筐中：

"Antiquam sapientiam galletas chinas vestram in

comitetur vobiscum quaerere. （愿这古老而智慧的中国饼
干伴你找到它们。)"

　　我诚挚地表达了感激，骑上自行车。我穿过莫雷洛
斯大街，沿着索诺拉街向东骑。我决心已定，我要完成
使命，特别是我要找回我的牙齿。广阔无垠的天际在我
眼前展现，太阳的光影也从房屋上稀稀疏疏的钢筋的缝
隙中探出。

　　这个时辰，附近开门的店铺只有一家，那就是堂娜
特迪·洛佩兹经营的名为"解释"的小饭馆。解释小馆
位于索诺拉街和拉斯托雷斯街的街角。它之所以出名，
是因为咖啡只卖一比索，面包五比索，而且有各式各样
的当天报纸。我放下车，进来吃早点。我要了一份报
纸。为了泡塔西伦送给我的幸运饼干，我还点了一杯雀
巢咖啡。我从饼干里抽出小纸条，将饼干捏啊捏然后泡
啊泡，直到将它们蹂躏成了一坨软塌塌的浆糊。这样，
我吞下的时候，饼干就不会伤到我那光秃秃的牙床了。

我将那些小纸条留下，装进裤子的口袋里。

　　除了我，饭馆里唯一一位客人是一名小心谨慎、身材瘦长的小伙子。他长了一脸烟草色的雀斑，他那聚精会神的模样几乎是东方式的。他身穿一套艳黄色的英式西服，尺寸对他来说过于大了。他头戴一顶巴拿马大檐帽。他静静地坐在靠落地窗的桌旁，晨光透过窗户洒进屋中。他用铅笔在笔记本上写些什么。

　　我坐在自己的座位上问他在写什么。他回答的时候并没有回头看我，说自己在设计一套帆边路。

　　"一套什么？"我嘟囔道，我现在的声音听上去就是一个没有牙齿的老蠢蛋。

　　"先生，就是在无人认领或是没有固定用途的空地上，绕着地上的一串坑或者缝隙走。"他描述了三个细节向我解释道。

　　我张大了嘴巴，像只刚刚下了蛋的母鸡。我指着牙床上一个个小坑对他说："这种空空的坑吗？"

　　小伙子抬起头，终于对我感兴趣了。我趁热打铁赶忙继续说下去，小心翼翼地，生怕他不理睬我：

"你叫啥？"

"雅各·德·佛拉金，大家叫我佛拉。"

"你做什么的？歌手？作曲家？艺术家？"

"不是，"他语气夸张地回答道，"我是个作家和导游：我为了前者而死，为了后者而活。"

"啊！你应该认识那位写了本书之后换了牙的作家。"

"先生，我不认识他。他是谁啊？"

"就是那位完成了一本书之后换了一口新牙的作家。"

"神奇，有趣，奇妙！"他磕磕巴巴、犹犹豫豫地说出一串形容词。

"可不是嘛！"我对他说，"我叫古斯塔沃·桑切斯·桑切斯，随时为你效劳。你不介意我和你一起坐在有阳光的地方吧？看你那么专注，我不忍心打搅你。"

"不不，您请坐，很高兴认识您。反正今天早晨，我一个写作点子都没有想出来。"

我又点了三杯雀巢咖啡，两杯给自己，剩下一杯给他，然后坐到小伙子对面。我注意到他那瘦骨嶙峋的手指尖部，有着精神紧张的人特有的短指甲。

"这么说你是新来的对吗？"

"是的，先生。"

"你对这儿不熟悉，怎么能做导游呢？"

"不，游客不来这儿。我住在这里，在墨城市中心做向导。"

"你一个人住吗？"

"我和另外三个做图书生意的朋友一起住。我不知道他们三个叫什么，但是他们互相之间叫'亲昵''奖励'和'融合'，时常分不清。"

"为什么你觉得来到这里之后就无法继续写作了呢？"

"我不知道。可能面对无关紧要的事情，我总是感到恐慌。"

"无关紧要的事情？"

"有太多太多了，"他病恹恹地回答道，"有太多的书，太多的见解。我不论做什么事情，其实仅仅是向每个人丢弃的垃圾堆成的大垃圾山上再添上一份垃圾。"

"可不是么。正因为这样我做了拍卖师。"

"您、您是艺术品拍卖师？"

"别人给什么我卖什么。"

"您不觉得，这和写书画画一样烦琐无用吗？"

"我完全不觉得啊。我不是扔垃圾的，而更像是捡垃圾的，但我血统高贵。我清理垃圾，然后找到宝贝。我给它们喷香水，洗干净然后消毒。相当于，我把它们回收了。"

"您回收些什么东西？"

"你想要的我都能回收：车，艺术品，书，甚至人名。"

"人名？"

"对啊，比如说，我自己的名字。"

"这太不靠谱了，而且不可能做到。名字可不能用来拍卖。"

"哦？不能吗？你听没听说过费城博物馆里的名字被拍卖这件事？"

"没有。"

"那你去好好查查。"

"您最好跟我讲讲。怎么拍卖名字呢？"

"很简单。拿我自己的名字做个比方，我收集'古斯塔沃'这个名字，然后把它们拍卖掉。这一系列故事由绕圈子的谜语组成，因此被称为'古斯塔沃环形迂回故事'，类似于斯塔提乌斯的谜语。"

"怎么个拍卖法呢？"

"简单。"

迂回故事之一

双鱼座，上升天蝎。1911 年 3 月 12 日生于圣安德烈斯查尔奇科木拉。1964 至 1970 年任墨西哥总统。在任期杀害学生，命军队占领墨西哥国立自治大学，抓捕囚禁工人和劳工，解散抗议低薪的教师、医生和铁路工人。死于大肠癌。

"你猜我说的是谁？"

"高速路，我实在想不出。"

"小子，是古斯塔沃·迪亚斯·奥尔达斯啊。来，我再给你演示个简单的。"

迂回故事之二

人马座，作家，胖子。

"这位又是？信息不够。"

"古斯塔夫·福楼拜。这个不需要更多信息，但下面一个需要。"

迂回故事之三

生于 1959 年的传教士。出生地为哥伦比亚卡利。狮子座，上升天蝎。在注明 2001 年 5 月 5 日的硕大墓志铭上，学生们形容他为人保守、强而有力、专横跋扈、精力充沛、富有吸引力、随心所欲、性格暴躁、慷慨大方、忠心耿耿、占有欲强、机智敏锐、坚韧顽强、野心勃勃、直觉敏锐、性欲旺盛、魅力四射、骄傲自满、热情洋溢、竞争欲强。他这个人极具攻击性、毁灭性，爱嫉妒爱盘算，感情脆弱但深藏不露。

"我猜你不知道这位古斯塔沃是何许人也。"

"我不知道。"

"古斯塔沃·莱昂。来，我再给你讲一个：

迁回故事之四

巨蟹座，上升水瓶，生于 1860 年 7 月 7 日，卒于 1911 年 5 月 18 日。犹太裔，生于波西米亚，创作了十部交响曲，但是完成《第十号交响曲》之前便去世了。他和阿尔玛·马勒结婚。阿尔玛与多位名人有染，包括沃尔特·格罗皮乌斯、弗朗茨·韦尔弗、古斯塔夫·克林姆特、麦克斯·布克哈特、亚历山大·冯·策姆林斯基、奥斯卡·柯克西卡、乔纳斯·霍恩斯坦纳等等。

"猜猜这位是谁？"

"这个我知道！是古斯塔夫·马勒吗？"

"佛拉金，不错嘛，不错嘛！来，咱们来最后一个：

迂回故事之五

巨蟹座，上升巨蟹。这星相简直就是灾难。古斯塔夫·马勒老婆的情人，丈夫人选之一。他是位象征主义画家，犯有丛集性头痛，偏好表达情欲。

"这位又是谁？"

"不知道。"他沮丧地说。

"显然是古斯塔夫·克林姆特啊。"

"但是您如何拍卖这些名字呢？我还是没搞清楚。"

"年轻人啊，"我说，"最终被拍卖掉的永远都是名字。有时候就算被拍卖掉的不是名字，也是这名字背后的故事。"

年轻的雅各·德·佛拉金盯着他那杯一口未碰的雀巢咖啡。他拿起糖罐，向咖啡杯里倒进少得可怜的一小撮糖，然后用塑料勺随随便便地搅拌起来。

"来，你给我读读你正在写的东西吧。"我说道，试图恢复之前的对话。

"我没写什么，描述了一个角落而已。"

我闭上嘴，等着他开始读。小伙子迟疑片刻，打开他的笔记本，清清嗓子，读道：

　　在我新家对面有一家五金店。我可以透过
顶层的厕所窗户看见它，只有在这里我得以安

安静静地抽烟。每天下午，当经营五金店的先

生们准备打烊时，店铺的主人，一位长者，会

将一把折叠椅搬到人行道旁，然后开始打磨钉

子。钉子被保管在椅子腿旁的工具箱里。他小

心翼翼地将一根根钉子在人行道上磨尖，然后

就扔到马路上。仪式不超过十分钟。我在厕所

里将烟掐灭，他合上椅子。

"就这么多。"他边说边抬起头，眼神中充满期待，

希望得到我的肯定。

"语言很柔和。"我说。

"谢谢。"

"你的小字也秀气。"

"谢谢。"

"但是烂透了。"

"先生，您为什么这么说呢？"

"你写的这是堂阿尔丰索·雷耶斯的五金店吧？店名

叫无花果树，在杜兰戈街和莫雷洛斯大街交汇处，靠着瓦莎瓦莎洗衣店。"

"您怎么知道的？"

"哎呀小鸟，说来话长。但关键是你观察得不靠谱，因为堂阿尔丰索既不是什么糊涂老头，也不是在将钉子磨尖。他其实是在将它们刨钝。他把那些弯了的钉子磨平之后扔到街上，这样它们就不会扎坏轮胎，或是把车子弄报废了。"

"那他为什么不把钉子扔到垃圾桶里？"

"因为会把袋子霍活儿了。"

"霍活儿？"

"就是给夸赤了。"

"哦，我懂了。"

"佛拉啊佛拉金，年轻的佛拉啊佛拉金。我想如果你帮助我的话，我也可以帮助你。今天你为我，明天我为你。你懂吧？"

"先生，我恐怕帮不了您，我这人一无是处。但，您请讲吧。"

"我需要夺回我的尊严，我那丢了的牙齿。缺了它们，我做不了艺术品回收，没法像个正常人一样吃饭说话。而你呢，缺的是金钱、时间、自由、和平、工作经验、街道生活、女人、兴奋剂，以及创作伟大作品所必需的一切。"

"的确如此，先生。"

"我说的这几样东西，你没有能力得到。你一样都没有，因为你每天花两小时赶到肮脏的市中心，然后你在那儿为一个狗娘养的工作，被他压榨。你回到你的公寓，和其他同样打扮得怪里怪气的年轻人挤在一起，那里像个猪圈。你在厨房里洗盘子，扫地板上的头发球，将衬衫叠好，将凑不成对儿的袜子挂起。你给自己做了纯奶酪馅儿的三明治，因为火腿片已经开始流汤儿长毛儿了。这一天下来，你感到疲惫不堪，精神压抑，根本没有精力坐下来干自己唯一喜欢的事情：那就是写作。"

"高速公路先生，我真不知道用什么词儿来回答您了！您是怎么知道地上的头发球的？"

我试图摸摸牙床，但是手指头却碰到了空空如也、温吞吞的洞。因此我决定嘬一嘬大拇指，摇摇头表示否定。我回答道：

"我不嘬手指。"

"我好像懂了。但是先生，我还是不明白您说这些是为了什么。"

"为了让你逃出枷锁，为了让你放飞自我。"

"您觉得我应该怎么做呢？"他问道，语气变得急躁起来，调整了脑袋上的大檐帽。

"接下来就该看我的了。我可以给你很多东西，比如免费住宿。我在迪士尼乐园街上有一套大宅子，里面有着世界上最棒的收藏品，棒到你一辈子都没见识过。你千万别以为我是迈克尔·杰克逊那种变态。我只喜欢和我年纪相仿的女人。我对待事业很严肃的，说真的，我可是个专业人士。"

"免费住宿？还有啥？"

"我可以带你上街，我比任何人都熟悉这片地方。我可以领你到处看看，给你讲讲每一个街角的故事，把你介绍给我的熟人。就像人们常说的，我会像教父一样罩着你。过不了多久，等你对周围熟悉了，就可以开一门属于自己的旅游生意。就这样。"

"那我从哪里能招呼来游客呢？"

"他们会单独来。重要的是，一定要学会讲述这片地界的故事。你有了故事，自然就会有想听故事的人。"

"我并没有什么信心。"

"讲好故事的信心吗？"

"对啊。"

"那就给自己点信心，不是吗？"

"就算您讲得有道理，就算我同意了，但之后您想让我为您做什么？"

"几乎什么都不需要你做。除了为我写作。"

"写什么呢？"

"我会慢慢给你布置任务的。但首先，我需要你给我写一部我的故事，我牙齿的故事。我讲你写，然后出一本书，让世界都知道我。就这样。"

"就这样？"

"然后呢，如果咱俩交流顺畅，我还可以给你其他任务。"

"比如说？"

"比如，我需要有人帮我写一份收藏品分类清单。因为我不仅是拍卖师，还是个收藏家。我的藏品世上最棒。我在这世界上日子不多了，所以我想做一场盛大拍卖会，这需要做一份清单。但是咱们不需要立刻动手。现在你只需要给我写牙齿自传。不用太长太复杂，我可不是赖皮鹦鹉。"

忧郁的年轻人佛拉终于喜笑颜开，但是什么都没说。

"你笑什么？"

"没什么，应该是您的'传记'而不是'自传'。"

"哦！看得出你以后会成为一名好作家。"

"您此话怎讲？"

"因为你笑不露齿。真正的大作家笑的时候从不露出牙齿，那些招摇撞骗的人才会可疑地露出半月形的两排牙齿。你可以去证实一下：找来你尊敬的作家们的照片，看看他们是不是永远都神秘地将牙齿藏起来。我想，唯一的例外就是阿根廷人豪尔赫·弗朗西斯科·伊西多罗·路易斯。我确信现在有很多关于他的专著。"

"您说的是博尔赫斯？"

"太对了。瞎子，阿根廷人。但是他这个情况不算数。因为他眼睛瞎了，看不见自己的笑容了。"

"博尔赫斯是我的偶像。您读过他的作品吗？"年轻的佛拉带着孩童般的兴奋劲儿问道。

"没怎么读过，但是我日后会读。"我对他说。

"高速路先生，我相信您和我一定会互相理解，交流顺畅。"

我们要了一杯又一杯的雀巢咖啡，交流了一个又一个故事，将协议的细节一遍又一遍地润色，就这样度过了剩余的晨光。临近午时，小饭馆的水泥地逐渐被夏日的阳光晒热。雀巢咖啡令我们兴奋得像两个瘾君子，幸运饼干也被我们吃了个精光。

"佛拉，咱们走，"我边说边在桌子上放了一张印有贝尼托·胡亚雷斯形象的二十元钞票，"我那辆新自行车就在店外。别人刚刚送给我的。我需要完成他们交给我的几个任务。你和我一起去吧！顺便可以熟悉熟悉几个地方。之后咱们再去取你的东西，然后我带你去迪士尼乐园街。"

"我也把自行车停在外面了。"他说。

"那一切都妥当了，不用多说。咱们走？"

"现在就走？"

"就现在。"

对话到此结束。

LIBRO V

ELÍPTICAS

书 五

寓言故事

名字（name）是一种特殊的词汇，如此特殊以至于有些人认为它们根本不属于语言。我不同意这种说法，我想强调的是，名字和其他词语一样。但就名字在很多方面都很特殊这一点，我也并不反对。

—— 大卫·卡普兰

"佛拉金，我并不确定这一段是否应该写进书里。你怎么看？"

"高速路，您继续讲，录音机已经打开了。"

好吧，我不确定这一段是否应该写进故事里，是因为这一段让故事看上去兜圈子瞎忙活，令我感到不安和紧张。当佛拉金和我回到迪士尼乐园街时，我们却发现自己的家被拆了个七零八落。有人进来偷东西了。我们跑到酒社：我的藏品，全部的藏品，全没了；每一件东西都消失得无影无踪。我先是感到一阵轻松，然后变得忧伤起来，然后感到难以置信和愤怒，然后又陷入忧伤：深深的忧伤伴着某种轻松的感觉。我想，也许那些幽灵们整日的内心活动也莫过如此吧。

接下来的几天迷茫而艰难，我几乎不愿回想起这段时光。我去参加治疗互助小组。我坐在电视机前看一级方程式赛车，一看就是好几个小时。我考虑投靠天主教。我登记加入了埃卡特佩克的"匿名神经症患者组织"。晚上，我灌了一瓶又一瓶的威士忌，想起了舅舅佩佩·洛佩兹·桑切斯曾说他做的美甲和修脚次数一样多。我没进精神病院全靠脑海中他的这句话。但无论如何，我迷失了自我：就像拿破仑所说的，我觉得自己仿佛是一只身在南极的雏燕。

　　一天早晨，当我两在厨房喝咖啡时，佛拉金试图说服我去牙科诊所安一副新牙，暂时性的而已。他和我说，这样至少可以正常进食，恢复声音，而且可以让我更有精神。我推脱了一阵。虽然我这人很固执，但也是讲道理的。最后我不得不承认佛拉金说得对。

　　牙医给我制作并安装了一套新牙。虽然新牙质量不好、戴着紧，但一切开始好转起来。至少，我开始向佛拉金讲述牙齿自传了。一开始我摸索了许久，因为我没有抓准正确的故事结构，不知道该讲什么、不该讲什么。但在某一天，佛拉金告诉我，我只需要想着故事的开端、中间和结尾，而其他部分类似于拍卖。经他点拨，我终于可以开始了。

一个月之后，就像之前我允诺的那样，我开始传授佛拉金一些艺术收藏课程。第一课：挑选和回收儿子在果汁厂旁的艺术馆中为我留下的一些物件。某个周日凌晨一点左右，依旧在工厂做司机的我朋友狗子开着一辆帅气的皮卡车来接我们。我们上了车，一路开到紧挨着工厂的艺术馆停车场。我们用狗子的钥匙打开艺术馆后面的酒馆，溜了进去，狗子则在外面等我们。我们在酒馆里翻来找去，没什么好收获。佛拉金将一本巡回展览分类册揣进腰包。我顺走了几根铅笔，因为我知道接下来几天里佛拉金需要这些笔写东西。

之后，我俩进到艺术馆里面，一路上安安静静、小心翼翼。因为有摄像头，我们之前就决定这次行动不开手电。馆内唯一的光源就是照亮展品的灯光了。这灯光将展品们照得如此迷人，比我们上次看到它们时要美多了：那次，被暂时俘虏的我，屁股里仿佛被塞个了爆竹，匆匆忙忙穿过这间屋子。我们挑了很多皮卡车能轻易拉走的物件：被解剖的狗，反射一扇窗户影像的反射镜，支在架上的乐谱，尺寸中等、中间是宾馆房间中的一匹马的广告牌。

　　我不是那种爱哭的人，就算看电影的时候也不会哭。当我突然看到我的牙齿时，我那副更像是件展品的牙齿，我没有哭。我快乐地发出了一声嘶鸣，我想正是因为这样，我才流出了眼泪，开心的眼泪。它们被放置在一个大约一米或一米半高的小立柱上，被玻璃盒子罩着，从房顶打下来的灯光径直将它们照亮。难怪我之前如此想念它们，因为它们简直美得不可方物。佛拉金帮我将玻璃盒子抬起，然后我将它们拿在手中，并小心翼翼地放进夹克兜里。

　　剩下的任务简单快速。我们将看中的物品捎走，然后放进狗子停在外面的小卡车里。只有那个马的广告牌给我们造成了一些小麻烦。但是借着狗子的帮助，我们将它安置在其他展品上面，没有造成什么大损失。几小时之后，我们仨回到迪士尼乐园街，坐在我那阿卡普尔科式的椅子上，轮流饮着狗子贡献的昆迪纳马卡甘蔗酒。

　　第二天一大早，我便把佛拉金叫醒。狗子早就走了：他这人很自觉，是那种在别人叫他走之前就自觉离开的人。在厨房里，我递给我的助手一些甘蔗酒和一杯浓浓的黑咖啡，然后让他坐在我为他买的斯克莱伯牌笔记本前。我想好了一个拍卖的点子。这个系列就叫"埃卡特佩克寓言故事"。在这一系列中，通过讲述社区人物的故事，我们将回收所有昨夜被我们揽入囊中的艺术品。创作这些作品的艺术家们的名称将被提及，他们的贡献将获得肯定。我们可没那么恬不知耻。

　　但佛拉金说，如果使用真实的姓名，我们会被抓个现行。

　　"你说得对，年轻人，你的观察很敏锐。我们必须做些调整。"

"但从另一方面来讲,"佛拉金继续说道,"如果调整过多,名字就分文不值了。"

"不对 …… 啊对 …… 佛拉金,你都把我搞糊涂了。闭嘴,拿笔,记笔记。"

寓言故事之一:马的广告牌。艺术家:道格·桑切斯·阿提肯。起拍价: 100 万。

我曾和阿兰·鲍尔斯说:"全世界都知道马没有同情心。"你站在马面前哭泣,它就这么嚼着稻草、眨着眼睛看着你。当你放声大哭起来,眼中噙满了痛苦和泪水,马也只是抬起尾巴,放出一个长长而无声的屁。没有任何方法可以令它们感动。(一次,我梦见一匹马边恳求我边使劲舔我的脸。但这不算,因为发生在梦里。)

"我可以向你保证,在曼哈顿岛中央公园里工作的马都精神抑郁。"阿兰·鲍尔斯对我说,之前我大胆地向他解释了我的理论。我俩在鲁文·达里奥的儿子小达里奥的报摊旁相遇,当时我们正在等着开上桂冠大道的公交车。我发现阿兰·鲍尔斯看着路对面广告牌的眼神中露出一丝忧伤。广告牌上是一匹马，而照片中的马儿，的确有些伤感，站在纽约某个宾馆的一张床旁边。

"曼哈顿的马是有同情心的。"他边说边摇头否认我的理论，眉毛微微抬起。

"我不知道精神抑郁算不算是有同情心的一种表现。"我对他说。

"当然算，"他辩驳道，"自我同情也是同情啊！"

"你怎么知道那公园里的马得了抑郁症？"

他跟我讲，他刚好读到一篇关于纽约马的心理状态的文章。真够巧的。

"哪家报纸？"我继续质疑道。

他是在小达里奥报摊上买的报纸上读到的。他将报纸装在了公文包里，如果我有兴趣的话可以读读。他说，报纸虽然便宜，但是内容绝对可靠。"纽约中央公园里的马，"阿兰·鲍尔斯重复着免费但可靠的报纸的记者写下的结论，"个个精神抑郁。"

"他们又是怎么知道的？"我问道。

"通过经验证明和科学证据。"他说，表现得不耐烦起来。然后，他从公文包中取出报纸，打开，寻找那条消息。他立刻找到。他大声朗读起来，选择合适的地方断句，时不时地抬起头用眼神和我交流，确保我的注意力绝对集中："那个城市中的马：第一，全速跑并将正脸和脑袋撞向建筑物的外墙；第二，马鬃大量脱落；第三，啃噬马蹄直至马蹄脱落；第四，排泄发生在睡眠期间而非行走期间，异于正常马匹；第五，其中一部分马匹最终选择自杀。"

读完报道后，他将报纸折叠起来并夹在胳膊底下，含糊其辞地冲我笑笑。我们继续一起等公交车，默默地看着马路对面的广告牌。

寓言故事之二：光之窗。艺术家：奥拉维尔·桑切斯·埃利亚松。起拍价：500 万。

退休的女裁缝玛戈·格兰兹吃完晚饭后才叫醒儿子。

自一周前，经常失眠的玛戈·格兰兹看到患有嗜睡症的儿子普里莫·莱维便怒从心头起。普里莫·莱维丢掉了在名为"省钱"的药店的收银员工作，原因是他不止一次在工作期间睡着，令同事们措手不及。从一周前到今天，他天天在家中随便挑一个角落倒头就睡。玛戈·格兰兹并不知晓儿子的病情，只觉得他是个游手好闲的懒鬼。她开始悄悄地垂涎于儿子这种说睡就睡的能力。

　　某个周一下午，当普里莫·莱维又一次在扶手椅上不合时宜地睡去后，玛戈·格兰兹用舌尖舔了舔邮票，在儿子脑门上贴了一溜，然后把他夹在胳膊底下带到邮局。她将他轻轻放在柜台上，请求柜台后面的姑娘将他寄到苏里南。姑娘用一副高高在上的眼神瞅着她，告诉她不可能寄出，原因是还缺四张邮票：寄往非洲的邮件需要九张邮票，而玛戈的包裹上只有五张。"但是苏里南在南美啊，你个缺心眼儿！"玛戈·格兰兹反驳道。"这样的话，那就需要十二张邮票了。"姑娘纠正道，还说邮局快要关门了，请她明天再来。

第二天，之后第三天，玛戈·格兰兹又来到邮局，胳膊底下夹着乖乖睡觉的普里莫·莱维。但是总是缺点什么：什么邮票啊，非常规尺寸包裹邮寄公证信啊，邮资啊，官方身份证明啊，帕拉马里博收件地址的完整邮编啊。虽然接待她的姑娘每次似乎都不是同一位，但是每次都鄙夷地看着玛戈，并且让她第二天再来。

已经是第九天早上，这天是个周日。玛戈·格兰兹决定让普里莫·莱维继续睡。她早早醒来，洗了个温水澡，然后跑到宠物店里。因为店里不卖狗，她将就着买了一只二手兔子，取名为"可卡"。这是只老兔子，估计岁数挺大。她试着给它拴链子并把它从店里带走，但兔子抗拒得很。她把它抱在怀里带回家，并把它安置在客厅的地板上，靠着普里莫·莱维睡觉的扶手椅。

玛戈·格兰兹将一把椅子从厨房拖到客厅，故意放慢脚步并且制造噪音。她放上泰勒·马克的唱片，然后坐下来，跷起二郎腿。她边扯着嗓子高歌，边死死盯住可卡。可卡也看着她，表现出一副极度鄙视的模样，直到突然闭上眼睛沉睡了过去。

　　当玛戈·格兰兹发现兔子挑了一块洒满阳光的地板睡觉，她顿时对那只动物产生了强烈的妒意。她想立刻将它送到邮局，然后寄到苏里南或是其他什么地方。但她又立刻打消了这个念头，因为她突然想起那个污秽、奇葩、毫无效率的邮局在周日并不营业。她试图将兔子叫醒，但是兔子只是将眼睛张开一条缝，然后又倒头睡去。

　　整个下午的时光，玛戈·格兰兹在看着她儿子和可卡睡觉中度过。可卡那小小的、毛茸茸的身躯摊在客厅的地板上，以一种令人无法察觉的速度滑动：太阳下落，时光流逝，阳光透进窗户照在地板上的平行四边形光斑一点一点移到墙上，而可卡也随着阳光一点一点挪动。

　　当太阳终于落山、地板上的光斑消失得无影无踪时，可卡睁开了眼睛。玛戈·格兰兹太太站在它身旁等着，手里拿了一个平底锅。她用锅底在它头部打了五下。等兔子死了，她小心翼翼地将它剥了皮，配以迷迭香、月桂叶和白葡萄酒烹饪。吃完晚饭，她温柔地将普里莫·莱维唤醒，把客厅的窗户打开，让凉爽而潮湿的晚风吹入家中。

　　寓言故事之三：田鼠和家鼠连体服。艺术家：菲茨利·桑切斯·魏斯。起拍价：300万。

　　即将出落成大姑娘的中学生瓦莱里娅·路易塞利说话结结巴巴，喜欢滥用"地"这个状语后缀。爸爸妈妈希望她在十五岁成人礼庆祝宴会上发表演说，便将她送到歌唱班、朗诵班和演讲班学习。这场优雅的庆祝将在胡安·盖伊丹和玛丽亚·伊涅斯·盖伊丹·"碧碧"家的聚会大厅里举行，小姑娘需要准备一番。

　　夫妻俩聘请了著名的吉列尔莫·谢里丹老师教朗诵和演讲课。老师让瓦莱里娅·路易塞利练习的第一个句子是"蒂托·李维长着小脑瓜儿（cócono），奥克塔维奥·帕斯长着大脑瓜儿"。虽然这句话又短又简单，但是小姑娘念起来却十分费力。每次念错，吉尔列莫·谢里丹老师都会拿棍子打她的手掌心。直到小姑娘将这句话重复练到第一百一十二遍，老师才终于结束了第一课。

那天晚上，当家里人一起吃加利西亚式鱿鱼配白米饭时，瓦莱里娅·路易塞利的父母问女儿第一节演讲课进展如何，是否学到些有用的东西愿意和他们分享。小姑娘说：

"蒂托·李维是个大烟脑袋（coco）。"

"孩子，你说什么？"爸爸问。

"蒂托·李维是个大烟鬼。"少女重复道。

瓦莱里娅·路易塞利的父母面面相觑，沉默不语地将剩下的鱿鱼吃完。

那天晚上，小姑娘的双亲并没有像往常一样读报或看电视。他们换上田鼠和家鼠的毛绒卡通连体衣，买来可卡因，投身于一场奇妙怪诞、娇喘连连、一气呵成的性爱。事后，衣不遮体的两人看着天花板，默默地睡着了。

寓言故事之四：粪山。艺术家：达米安·桑切斯·奥尔特加。起拍价：300万。

各位一定记得阿尔法小组女指挥官、获2011年最佳交警提名的尤里·埃雷拉吧。在某个失眠的周日，埃雷拉警官将《麦克白》里那段以"明天，明天，再一个明天"开头的著名独白完整地背了下来。她站在镜子前面，在五点二十五分时将独白背了最后一遍。与此同时，她将头发束起，用小发卡和发夹盘了一个发髻。之后，她看着镜中的自己，拿起口哨，用牙齿咬住并吹了起来。

她出了门上了街，衣着干净利索，妆容一丝不苟。在虞美人一街和虞美人二街拐角处，她遇到了搭档、女警官维维安·阿本舒珊。阿本舒珊来自欧米茄小组，是绑票案谈判专家。

"阿本舒珊，今天咱们有什么案子？"埃雷拉问道。

"搭档，莫雷洛斯大街方位嫌疑犯出现（X9），爱情公园方位有突发交通事故（K5）。我们正好赶得上。"

虽然阿本舒珊警官比埃雷拉警官更高更壮，但两人都一样英勇。

恰好，特伦斯·高尔和鲁文·加约骑着两辆一模一样的自行车路过。两人是位于百合花街的公共桑拿室"筷子吃小米"的店主。他俩骑着车向两位警官问好。警官们挺直身板，笑了笑，吹了吹口哨回以问候。就在此时，莫雷洛斯大街的嫌疑犯也从他们面前经过，摇下他那辆棕色的尼桑鹤款轿车的车窗，向两人掷了一个空塑料瓶。瓶子磕到阿本舒珊警官的胳膊，然后落到她的脚旁。怒发冲冠的阿本舒珊将瓶子狠狠踢到大街上。因为两位骑着自行车的朋友的缘故，每天早上都向两名警官扔空可乐瓶的嫌疑犯再次从两位眼前成功逃窜。

"我的人生简直就是一坨屎！"阿本舒珊警官带着略夸张的语气说道。而更为年长、面对日复一日的打击更有心理准备的埃雷拉警官呢，带着只有在警校才能修炼到的那股激情和热忱，向年轻的搭档朗诵起前天晚上背下来的莎士比亚写的那段独白。

阿本舒珊警官认真地听着，但心中起疑：她怀疑搭

档开始表现出大脑衰弱的迹象。但是她立刻在内心深处
压制住这个想法，吹了两声口哨，向埃雷拉警官对她
表示的同情致谢。埃雷拉警官和阿本舒珊警官决定将
工作暂停片刻，去位于天主教女王伊萨贝尔街和吉列
尔莫·布列托街路口、多尼奥·奥尔都尼家的小摊"潘
乔·比利亚的玉米面夹饼"吃早点。两人多么希望这个
上午可以快快过去。

寓言故事之五：人造假腿。艺术家：亚伯拉罕·克鲁兹
威利戈斯·桑切斯。起拍价：600 万。

一天，乌纳穆诺去店里买鸡蛋。他不吃鸡蛋，但是
他那安了木头假肢的老婆维罗妮卡·戈波想摊蛋饼，所
以让乌纳穆诺到丹尼尔·萨尔德尼亚·帕利斯的店里买
些鸡蛋，并特意嘱咐要白鸡蛋不要棕鸡蛋。

乌纳穆诺从店里带回来满满一袋子棕鸡蛋。维罗妮
卡·戈波把脑袋伸过去瞅瞅袋子，发现鸡蛋颜色和她要
求的不一样，便大声叫骂道："笨蛋！"然后命令乌纳穆

诺再跑一趟去买白鸡蛋。

这回，乌纳穆诺去了堂胡里奥·特鲁希略的小店买白鸡蛋。回到家，他发现老婆已经在床上睡着了。这女人将木头假腿靠在写字台旁，每次上午睡回笼觉时她都会这么做。

于是，乌纳穆诺将一袋子鸡蛋放在铺了地毯的地板上，用假腿狠狠打了老婆六下，直到把她打醒。

寓言故事之六：蝙蝠／天使。艺术家：米格尔·卡尔德龙·伊·桑切斯。起拍价：600万。

当吉列尔莫·法达内利正在读和他部分重名的乔治·威廉（吉列尔莫）·弗里德里希·黑格尔写的《精神现象学》时，一个侏儒闯进了"上海之星"饭馆，拖出把椅子，坐到他对面。侏儒自我介绍，他名叫普希金。他们向服务员要了啤酒，侏儒突然号啕大哭起来。他告诉吉列尔莫·法达内利，自己痛哭的原因在于他爸爸拈花惹草。俄语原本是"донжуан"，不知道"拈花惹草"

这四个字翻译得是否贴切。

半小时后，普希金向吉列尔莫·法达内利道别。他走后立刻又来了一个侏儒，也坐到法达内利对面。吉列尔莫·法达内利又点了一轮啤酒。侏儒一边从口袋里掏出手绢、大声地擤鼻涕，一边说他的名字是果戈里，而他人生如此潦倒的原因，归结于得知他父亲是个堕落的人。这个矮人原话说的是"вырождаться"，"堕落"这个形容词还算准确。

侏儒果戈里走后，酒馆里又来了第三个侏儒。不出所料，他重复了前两个侏儒的套路，坐到了法达内利对面。等他擤完鼻涕，吉列尔莫·法达内利边观察他边说："让我猜猜，你叫陀思妥耶夫斯基，你倒霉就倒霉在老婆是个'трутень'。"这第三个侏儒看着他，一脸惊愕。"你为什么这么说？"矮子咕咚咕咚喝了一大口啤酒，然后问道。吉列尔莫·法达内利回答说"догадался по горячности своего голоса（从他语气中的愤怒猜出来的）"，然后略带讽刺地微笑起来。"你猜错了，堂吉列尔莫。我叫巴勃罗·杜瓦特，我擤鼻涕是因为我对花粉过敏。"

就在此时，服务生走向他们的桌子，并拿来了一篮子中式幸运饼干。吉列尔莫·法达内利挑了一个，像是打鸡蛋壳般将饼干掰成两块。里面的小纸条落在了桌子上。之后，他一边缓缓地将纸条打开，一边高声念道：

　　这就是人们想象中的历史的天使。他的面庞转向过去。我们认知中的一连串事件，在他眼中却变成了一场灾难：在灾难中，残骸上堆积着更多的残骸，被扔向他的脚边。天使想停下脚步，唤醒死去的人，重新弥补破碎的事物。但是，从天堂吹来的一场风暴，将他的翅膀缠住；这风暴的巨大威力，使得天使无法展翅高飞。这风暴势不可挡，将天使推向他背后的未来。与此同时，残砖碎瓦在他面前被卷向天际。这场风暴，便是我们所称的进步。（瓦尔特·本

雅明）

"小纸条里写了这么多？"杜瓦特问道。

"是的。"吉列尔莫·法达内利回答说。

"我不信。"侏儒提出异议，然后朝对方的脑门开了一枪。

矮子杜瓦特继而从服务生端着的篮子里拿出一块饼干。他模仿着死去同伴的动作，将饼干掰成同样大小的两块，小纸条落在桌子上。开枪之前，他念叨着：

"生活会向你微笑。"

寓言故事之七：猴面包树盆栽。艺术家：山姆·桑切斯·杜兰特。起拍价：300 万

马里奥·莱夫雷罗这一个月都过得很糟。眼见就到九月末了，但一份人身保险都没卖出去；看来大家都不怕死了。周五，他从小公司"保你一辈子"的办公室走

出来，走到堂亚历杭德罗·桑布拉·茵凡塔斯的花房，
并且买下一个盆栽。他觉得自己如此渺小，渺小到想在
这颗小得不能再小的树上吊死。这不，他失败了。

寓言故事之八：艺术家：莫瑞吉奥·桑切斯·卡特兰。
起拍价：400 万。

很多人都听说过100路公交车前驾驶员阿尔瓦罗·恩
里克·索雷尔的故事：几年前在革命大道，他曾恶意试
图碾轧一名瘫痪老妪。

一天下午，已出狱的他和我相约在堂娜保拉·阿布
拉莫的"要奢侈"小酒馆，并和我描述了多年前那个致
命的一天：在美丘街和内部大道的街角，公证员胡安·何
塞·阿雷奥拉上了他的公交车。恩里克刚看到他，便觉
得这是个不祥的预兆。

果不其然，到了下一站的时候，上来了两个衬衫袖
子卷起的双胞胎：一个叫奥斯卡·德·巴勃罗，另一个叫
巴勃罗·德·巴勃罗。两人帮着一位坐轮椅的老妇人上

了公交车，老妇人怀里抱着一条熟睡的小狗。两个人把她从轮椅上扶起来，搀着她坐到公证员先生旁边，然后默默地下了车。小狗在老妇人软塌塌的胳臂中继续酣睡着，像个婴儿。

车开过两个街口，老妇人要求停车。她用英语说道：“Stop（停下）。”之前那对卷起袖子的双胞胎年轻人在公交车站等着她，握着轮椅两侧的把手。他们上了车，搀扶起老妇人，下车，搀着她坐回轮椅。此时小狗在她的怀中睡得正欢。车又继续开过几个街口，又是那两个人，身边的老妇人还坐在轮椅里，要求公交车靠站。他们又重复了一遍此前的举动，并且过了两个街口后，老妇人又要求下车，大喊：“Stop（停下）。”

这一路，公证员胡安·何塞·阿雷奥拉表现得颇为沮丧。面对这种明显滥用特权、令驾驶员和乘客均无法容忍的行为，他说不了什么也做不了什么。

帕科·古德曼·莫利纳先生和瓜达卢佩·内特尔女士从巴兰加街上了公交车。一上车他们便拿出了小吉他，开始唱起《刺果番荔枝》。阿尔瓦罗·恩里克微微笑着，将车右拐驶入革命大道，并请求帕科和瓜达卢佩唱一曲《蜥蜴》。帕科唱着小蜥蜴所经历的各种不幸，瓜达卢佩弹着吉他；而瘫痪老妪和她那条睡着的狗在两个瘟神双胞胎的帮助下一遍又一遍地上车下车。

阿尔瓦罗·恩里克实在是忍无可忍了。他那半杯子人人皆知的斯巴达式隐忍被榨得一滴都不剩。当挽着袖子、像邪魅的斯芬克斯般杵在革命大道和新闻大街街角处、照料着轮椅老太和她那条睡得恶心吧啦的狗的双胞胎再次叫停公交车时，他开着车猛地撞向这四位。双胞胎和压根就没瘫痪的老太太像是躲奔牛一样躲闪到一旁。但是狗呢，却在这起不幸的事故中死了。

寓言故事之九：乐谱。艺术家：费尔南多·桑切斯·奥尔特加。起拍价：300 万。

"这种手风琴不叫班多柳，而是班多钮。"马里奥·贝亚丁对弗朗茨·卡夫卡说，说罢再次将皮鞭抽向他的后背。弗朗茨·卡夫卡将西服平整好，扶正墨镜，目不转睛地看着乐谱。他的舌头重新放在牙齿之间，双唇像展示并不完美的微笑般向脸两侧抻开，开始再一次模仿起蚊子的嗡嗡声：嗡嗡嗡嗡嗡，嗡嗡嗡嗡嗡，嗡嗡嗡嗡，嗡嗡嗡嗡嗡嗡嗡，嗡嗡。几分钟后，精疲力竭的弗朗茨·卡夫卡再一次中断，和马里奥·贝亚丁说：

"堂马里奥，这首曲子用班多柳演奏效果会更佳，您为什么非要逼我嗡嗡嗡呢？"

"闭嘴，继续练！"马里奥·贝亚丁说。

寓言故事先讲到这儿。完事后，我用面包和西红柿做了顿午饭。佛拉金和我将阿卡普尔科椅拖到檐廊，打开收音机，听听有没有关于我们夜袭工厂艺术馆的报道。实际上，消息已经满天飞了。有人报告艺术馆惨遭偷窃并损失惨重，几小时之后一名嫌疑犯被捕，而这名嫌犯似乎和工厂有某种联系。我给狗子家里打电话，心理害怕最坏的情况已经发生。是她老婆接的。她和我说狗子在打盹儿，昨天出去疯耍了一整天，很晚才回来，但是第二天早上又要早起去工作。就在这时，我终于确定被抓起来的嫌疑犯是悉达多。

"我之前说得对吧，佛拉金？"

"是的，我亲爱的高速路，您说得对。"

"现在我们可以说，咱俩会一直幸福地生活下去了，不是吗？"

"高速路，我猜是的。"

"你把最后这一句写完，咱俩出去找姑娘耍去。"

LIBRO VI

ALEGÓRICAS

书六

省略故事

假设"《威弗利》的作者"并非指"司各特"，那么"司各特是《威弗利》的作者"这句话将是错误的，但实际上并不是。如果"《威弗利》的作者"指的是"司各特"，那么"司各特是《威弗利》的作者"这句话将为赘述。但实际上并不是。因此，"《威弗利》的作者"这句话既不指"司各特"也不指其他任何事物：即"《威弗利》的作者"什么都不指。

——伯特兰·罗素

　　第一天认识高速路时，他得了病，很衰弱。他看着镜子里的自己，说像是一只深褐色的母鸡，咯咯叫了起来。实际上，他头发很少，固执地耸向天际；腿部静脉凸起，瘦骨嶙峋;肚子又圆又大。他丢失了那副他深爱的、后安上的牙齿。因此，就算说话这类最为日常的举动，对他来说虽然不是不可能，却变成了一场持久的战役。

　　当我开始记载并记录他口述的人生故事时，我觉得他是个满嘴谎言、说谎成瘾的人。但是，随着时间的推移，尤其当我事后重新聆听那些录音时，我才发觉他的故事并不是什么谎话，而仅仅是被放大的事实。

　　高速路是世界上最伟岸、最永恒的灵魂之一。虽然他的姿态时常令人感到有威胁，但并非因为他对别人构成了真正的威胁，而是因为在他那覆海移山的自由面

前，我们习惯于丈量世界的所有准则都变得脆弱不堪、
昙花一现、平庸浅薄。他的性格随和，他的快乐富于感
染力。他的故事变了又变，他阐述的人生关乎众多生与
死：他所经历的生与死。直至今天，仍有人说他还活着，
仍有人相信曾瞥见他的身影：似刹那划过的流星，落向
地球的某个角落；他总是骑着从果汁厂工人停车棚偷来
的那辆自行车 [图一]。狗子说，在某个早晨，当第一缕
晨光降临之时，他看到高速路屹立在群山之巅，而群山
将这片贫瘠地带所在的盆地团团围住。

　　我是在一个清晨认识高速路的，就在解释小馆，我
们这片社区最棒的小吃店。就像是他借用朋友堂里奇说
的那句话，我俩一见如故。接下来几个月的时间里，我
和高速路住在一起，和他形影不离，直到他去世。在这
几个月里，我投身于写作，并且基于每天早上他口述的
故事为他抄录牙齿自传。之后，我们会出门散步，或骑
着自行车在附近转悠。

　　认识高速路那天，我把少得可怜的行头从公寓里取出来后，我俩去了迪士尼乐园街［图二］。高速路的家在那里，还有个小酒社用来保管他的收藏。

　　但令我诧异的是，小酒社空空如也。起初我并不懂到底发生了什么。面带一丝微笑的高速路将酒社里里外外转了个遍，步伐缓慢，沉默不语。我在他身后几步远的地方跟着。之后，他一边对着空空的角落指指点点（一开始满脸狐疑、犹豫不决，后来变得热情高涨），一边和我描述了一系列收藏品，或者说收藏品的幽灵：牙齿收藏、古地图、车零件、俄罗斯套娃、用各种能想到的语言出版的各种报纸、旧硬币、指甲、自行车、铃铛、门、松紧带、毛衣、石头、缝纫机。他热情洋溢地领着我，将之前被保管在此的、他那极品中的极品、收藏中的收藏"看"了个遍。这几分钟的光景，很难讲到底是令人忧愁悲伤，还是令人眼前一亮。

　　高速路名下的藏品如此珍奇多样，令人想都想不到。他准备某一天用这些藏品来举办一场盛大的谢幕拍

卖会。他爱这世上的物件们。他的爱逾越了它们真正的
物质价值，他爱它们被静静保留在深处的内在价值。他
从幼时起便顺从了心中对于谨小慎微的收藏观的向往：
只要他觉得值得收藏，便纳入囊中；从被扔在人行道上
的钱币以及同学衬衣上掉下来的纽扣，到父亲的指甲和
母亲的黑黑长发。

　　后来没过太久，在高速路年满四十二周岁之际，他
惊觉自己具有拍卖的才能。他和小瘦子这个坏性子的女
人以及当时还是个小孩子的悉达多生活了两年。生活本
应继续如此下去，但当高速路获得奖学金游学美国、并
在那里研习完善拍卖之术时，小瘦子却将他抛弃了。在
高速路离家的这段日子里，那女人结交了一名责任感
强、来自尤卡坦的标准天主教信徒。她搬去与这个男人
同住，带走了悉达多。她没过几年便死了，但她在遗书
中写道，悉达多应交由继父抚养。我猜高速路当时不具
备任何手段得知小瘦子的要求没有任何法律效力。在我
的印象中，虽然高速路在情场上如鱼得水，并有能力让

这件事造成的痛苦烟消云散，但是他却备受打击，一蹶
不振。

　　虽然高速路在美国充实了自己的学识，但回到墨西哥
后，他没有找到任何和拍卖师相关的工作。他买下位于迪
士尼乐园大街的一块地皮——他在这里度过童年，但因此
负了债。在这里他建了一所勉强可以居住的宅子，一住就
是近三十年。在宅子旁边，高速路又造了另一所房子（今
天已经没了），上面挂着他特意差人打造的招牌，上面写
着"俄克拉何马-范·戴克拍卖行"[图三]。

　　在后来近二十年间，高速路在家里一直保持着某种自
我放逐、与世隔绝的状态。他出门仅仅是为了在街角购置
些罐头，或是街道的废品摊买各式各样的物件[图四]。每
个星期他都会购买、交换或挑拣些吸引他注意的东西。
在某些个周日，他会在家里举办省略法的拍卖会。偶尔
来参加周日拍卖会的，尽是些无业游民、醉汉或是独居
的街坊。他在他们面前编造关于这些物件起源的故事，
给它们每一个都安上价格。价格的高低取决于故事讲得

成功与否、反响如何。一个下午过去了，但并没有人
买，而高速路身上的热情和金钱也逐渐耗尽。

过了一些日子后，某天他的老朋友狗子和街道教区
的神父、圣阿波罗尼亚教堂的路易吉·阿玛拉神父取得
了联系。狗子告诉神父，高速路已经"苟延残喘，时日
不多"，这是他的原话。他几乎不怎么外出，不买食物
也不四处收集物件。有时候他会坐在门外的椅子上晒晒
太阳。他在那里一坐就好几个小时，一动不动，望向远
方，或是偶尔用块小抹布擦拭自己收藏的玩意儿。据狗
子讲，高速路展露出一副濒死的模样，甚至可以说是死
尸般的状态。"他两只眼睛就像白炽灯，发白光，明晃
晃的那种。"他在之后一次和我聊天中提到。他在人间
弥留的日子，也只是几天的工夫。

但是那个神父什么都没做。满怀好意但倍感绝望的
狗子决定找悉达多谈谈。既然神父袖手旁观，他想看看
悉达多是否愿意为自己的父亲做些什么。悉达多当时在
埃卡特佩克果汁厂旁的艺术馆做经理人，高速路年轻时

在同一家果汁厂工作过。悉达多这个有狼子野心、品质极坏的鼠辈在得知他父亲热衷于收藏事业后，觉得这是个将全部藏品抢来的绝好时机。像很多其他艺术经理人一样，悉达多也希望拥有属于自己的艺术品：还有比抢父亲的收藏更绝妙的发迹机会吗？

他将这个计划告诉了圣阿波罗尼亚教堂的路易吉·阿玛拉神父，而后者认为这是桩一石两鸟的好事：一来敛财，二来呢，还是敛财。某日上午，他拜访了高速路，并向他提出了"合伙拍卖会"的主意。俩人达成共识。就在同一天下午，路易吉神父打电话给悉达多，告诉他计划没出岔子，如期进行。高速路没有表现出任何反对。

拍卖前夕，悉达多交给路易吉神父一份合同，需要高速路签字。合同写道，我们的主人公将他所有的收藏品捐赠给他的儿子，此举完全出于善意。拍卖举行的那个周日，高速路在教堂圣器室等待仪式开始时，在合同上签了字。我不清楚他是否知晓这签字意味着将其整个人生拱手相让于悉达多。但我左思右想后，觉得他在某种程度上还是察觉了的。这就解释了高速路在最后一场拍卖前眼中露出的那一丝讽刺：当所有牙齿藏品都被拍卖出去后，高速路直直盯着悉达多的双眼，向众人奉献了自己；他成为了最后一件拍卖品，问道："谁会出高价买下我？"

关于之后发生了什么，众说纷纭。有人说，年轻的悉达多在拍卖会上买下高速路后，给他灌了迷药。可怜的高速路沉睡不醒，悉达多趁着这段时间将他拉到牙科诊所，让几名医生将他那口珍贵的牙齿拔掉了。另一个故事版本是，拍卖会结束后，父子两人跑到酒馆扯旧账。当高速路醉得不能再醉了，悉达多企图胁迫父亲回到车里。高速路则数次撞向柏油路，结果就这么把牙磕丢了。高速路从来都不愿告诉我真相，也许是因为他记不清了。但我认为，是那些残忍的医生拔掉了他的牙，他们听从了更为残忍的悉达多的命令。

　　但能够完全确定的是，此事有录影记录。拍卖会当天临近傍晚，悉达多将他父亲安置在他当经理人的艺术馆展厅里。确切地说，悉达多把高速路丢在一间四面墙壁安有影像装置艺术的房间里。在四面墙上的影像里，几个小丑没精打采、神情冷漠地看着观者，偶尔眨眨眼睛，时不时叹叹气。这部吓人但真实的装置出自著名艺术家乌戈·罗迪尼（不是阿戈·罗迪尼）之手［图五］。

　　悉达多将他遗弃在罗迪尼的巨型小丑录影装置前，然后钻进了一间监控室。这里保管着艺术馆的影音设备。他操控着喇叭系统，和父亲进行了一场远程交流。说"交流"两字都是好听的：悉达多执意以此方式对他进行最残酷的折磨和摧残。

　　但是我们的男主人公是个意志坚定之人。当不屈不挠的高速路终于得以重拾精力、逃出他后来形容为"幽灵之屋"的房间后，他跨上自行车，沿着神秘的索诺拉东街骑向朝阳。

　　就在那里，我们的命运产生了交集。我搬来这个街区后，每天早上都会在赶往墨西哥城前在解释小馆吃早饭。高速路走到我身边，把我拉入到一场诧异但有趣的对话中。之后，他说服我为他写这部牙齿自传，而他会为我提供住宿，作为交换条件。

高速路是个意志坚定的人，运气也好。六个月的时间里，他骑着自行车绕着街区，不论熟人生人见人便问。在质问了神秘博学但粗心大意的《经济学人》前占星师朱利安·赫伯特后，他得到了一个可能的答案。占星师说，根据高速路的形容，他在一家艺术馆见到过这副牙齿，就在位于莫雷洛斯大街的果汁厂旁边。高速路听后出离愤怒，在几天后自愿报名参加了"埃卡特佩克宁静小组：匿名神经症患者组织"。集会在墨西哥思想家街举办，在名为"猫头鹰"的武器维修铺旁边 [图六]。

高速路参加埃卡特佩克宁静小组的时间并不长，一开始效果不佳但后来有了好转。在那里，他结识了一名身经百战的工会领头人，女猫王。在第三次集会时，当听说了高速路的遭遇后，她说服高速路，说他绝对不是什么神经症患者，而是一位正直、睿智、情感健康的人，是他那不该生不该养的儿子夺走了他的一切。高速路感觉自己顿时拾回了信心。女猫王鼓动他采取行动。就是在那时候，高速路向我宣布，我们两个人将夺回他的牙齿，像艺术品般被放在展厅中央的那副牙齿。高速路再次见到牙齿时所发出的马儿般的嘶鸣，我不知道用"欢快"这个词来形容是否合适。但嘶鸣过后他又小舞了一段：双手攥拳放在胸前，胯部做波浪状一扭一扭，笑得差点背过气去。

　　高速路决定不再重新种牙了，但是他请求老朋友路易斯·费利佩·法布雷医生用他的牙齿设计一套可拆卸假牙。他拿到手后半摘半戴：也就是说，一半时间戴着，一半时间摘下来。牙齿重新回到身边的高速路恢复了自尊和生命的活力。

　　几个月过去了，头脑灵光的高速路决定将假牙取下做表演。他将假牙捧在指尖，像是跳弗拉门戈舞的塞维利亚姑娘们手中的响板。在合适的时机，他会借假牙来说话、唱歌和讲述曾属于他名下藏品一部分的物件背后那些有趣故事。

越来越多的人来拜访他。所有人都为高速路的假牙舞和他讲述的迷人故事而着魔。

在小酒馆"老板中的老板"［图七］的一次演出中，高速路结识了歌手胡安·西列罗。高速路说，年轻的西列罗让他隐约想起了以前在墨城红灯区某韩国小馆里弹吉他的一位歌手，时间在大地震发生之后。等西列罗表演结束，高速路凑到他身边，说在八五年的时候看过他在红灯区演出。受宠若惊的年轻人西列罗说，那年他刚出生，所以两人不可能遇见。"正是因为这样啊。"高速路回答道，脸上挂着令人敌意全无的微笑。

两人立刻变得情投意合。借西列罗经纪人的话，歌手和高速路的初见像"两个双生灵魂在柏拉图长着羽翼的飞马天国相遇"一般。在一段日子里，两人以"新热血高速"组合示人。这个名字的灵感来源于"热血高速"组合，成员包括西列罗的两位偶像威利·纳尔逊和约翰尼·卡什。某夜，我看到他俩来了一曲颇具灵感的合唱：他们先唱了一首伟大的经典曲目《强盗之歌》，然后立刻又来了一首西列罗现在很有名的《你知道我喜欢冰毒》。

在小胡安·西列罗的帮助下，高速路终于开始了表演生涯，成为了一名小有名气的舞台艺人。他做得很棒，在不久之后便攀上了有为青年哈维尔·里维罗律师，并在莫雷洛斯大街买下一处房产。两人共同经营夜间模仿秀生意，店名为"夜之谜"［图八］。正是在夜之谜，高速路开始将在多年前研习拍卖法时完善的寓言法付诸实践。出于对高速路的尊敬，在这里我不能详述此拍卖法的秘密。但是我可以透露的是，在使用寓言法的拍卖中，与其说是拍卖物件，不如说是拍卖给予物件价值和意义的那一个个故事。物件的确会被提及，但无关紧要，它们并不是拍卖所围绕的核心。据高速路所说，寓言式拍卖才是"进行着极端回收，并将世界从历史的垃圾箱里救赎的后资本主义拍卖"。

　　在人生的最后几个星期里，高速路利用他的可拆卸式假牙，为追随者们做了一场难忘的表演。开场白一如既往："我叫高速路。在世界上所有站在台后高声吆喝的拍卖师里，我，是最棒的。喝完两杯朗姆酒后，我能模仿珍妮丝·贾普林。我还能像克里斯托弗·哥伦布一样，让一枚鸡蛋立在桌子上不倒。我能解读中餐馆幸运饼干里的字条。我能用日语数到八：いち，に，さん，し，ご，ろく，しち，はち。我还会仰泳。"

　　高速路生前最后几场拍卖会中，"埃卡特佩克的寓言故事"这一系列最为美妙。在那晚我们将他的牙齿取回来后，我已将整套故事转录下来。所有的物件和它们的故事都被拍卖出去。这，是高速路主持的最后一场拍卖会。

　　被众人称为"高速路"的古斯塔沃·桑切斯·桑切斯在主持完一场绝妙无比的寓言法拍卖会后，死于突发性心脏病，地点为夜间模仿秀店旁的汽车旅馆"莫雷洛斯别墅"［图九］。去世时，他身边陪伴着三位美丽的妇人。而在这最后一场拍卖会中，高速路完美地模仿了珍妮丝·贾普林的一曲《主啊，你何不为我买一辆奔驰》，以此作为应观众要求的附加表演。他去世时躺在床上，旁边的床头柜上留有一张写给他儿子的便条：

如果我给你带去了麻烦、让你进了监狱，

那么请你原谅我。

我并不知道，

他们会因艺术馆被盗的物件而拿你问罪。

如果我不是个好父亲，

那么请你原谅我。

我无法完成你托付给我的差事，

但是你可以收下我的全部收藏，

那些谁都不知道你藏到哪里去的收藏。

梦露的牙齿，

我给你留在这里了，

可不管怎样，

它们都是赝品。

狗子遵循了高速路的遗愿，将这封信交给了他的儿子。我和狗子一起将他的骨灰撒到安全岛上的玻璃纤维恐龙脚下［图十］。撒骨灰之地位于帕丘卡，美丽的风城帕丘卡。

© 弗朗西斯科·科晨（Francisco Kochen）

图一：当我每每看到骑自行车的成年人时，我会重拾对人类的信心。

——H.G. 威尔斯

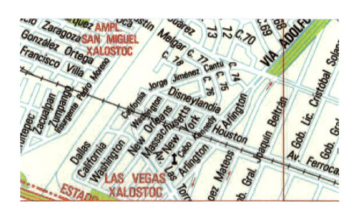

© "红色指南（Guía Roji）"地图工具

图二：迪士尼乐园之所以将自己包装成幻想中的国度，是为了让我们相信乐园之外的世界是真实的。

——"恐怖分子"让·鲍德里亚

© 瓦莱里娅·路易塞利

　　图三：迪士尼乐园之所以将自己包装成幻想中的国度，是为了让我们相信乐园之外是真实的世界。

——让·鲍德里亚

© 哈维尔·里维罗和狗子

　　图四：西班牙语是祖辈传给我们的旧婚纱：我们被迫将它悉心保留，不得有任何损坏 …… 但这些老旧的婚纱穿在身上，除了令我们看上去如行尸走肉之外，并无他用。最好还是将它们剪裁，修改成衬衫，而不是将它们埋在一堆樟脑丸中保存。

——豪尔赫·伊瓦古恩戈伊蒂亚

© 哈维尔 · 里维罗

图五：方希乌尔以一种决绝、令人无法反驳的方式令我意识到，艺术令人陶醉的力量在掩盖从深渊中爆发的恐怖时，竟然有着不可比拟的效力；天才站在坟墓旁表演喜剧，但喜剧的快乐令他对身边的坟墓视而不见，迷失在这片将死亡与毁灭的念头扼杀的天堂。

——夏尔 · 波德莱尔

© 哈维尔·里维罗和狗子

图六：神经衰弱／是伴我首部作品的天资。

——鲁文·达里奥

© 哈维尔·里维罗和狗子

图七：很多雏鸡刚刚破壳而出，便想和公鸡打上一架。

——"北方虎"乐队

© 哈维尔·里维罗和狗子

　　图八：原创性其实不过是明智的模仿，最具原创性的作家从别人的作品中借来灵感。

——伏尔泰

© 哈维尔·里维罗和狗子

　　图九：事实上，我们心中对男人的爱意很大程度上决定于他告别时所展现出的优雅。

　　　　　　　　　　　　　　　　　　　——清少纳言

© 哈维尔·里维罗和狗子

　图十：当你离开时，请什么都不要带走。

　　　　　　　　　　　　——何塞·玛丽亚·拿破仑

EPÍLOGO

后 记

　　这本书是一系列协作的成果。2013 年 1 月，艺术经理人玛嘉丽塔·阿里奥拉和胡安·盖伊丹委托本人为展览《狩猎者和工厂》的名册写一段文字，展览地点在墨西哥城外埃卡特佩克某偏远社区的胡麦克斯艺术博物馆。此次展览的理念，以及我本人在参与过程中的理念，在于引发大众对于艺术馆内的生活和它身处的埃卡特佩克这更为宽广的背景之间的"桥"或"桥的缺失"的思考。

　　作为世界上最为伟大和举足轻重的胡麦克斯艺术收藏，是由同样位于埃卡特佩克的胡麦克斯果汁厂赞助支持的。这两个世界之间的差距巨大：艺术馆与工厂，艺术家与工人。艺术作品与果汁。我应该如何在它们之间搭建桥梁呢？文学作品是否可以作为中介促成两者接触？我决定以一种间接相关甚至寓言的方式来写一写艺术世界，并专注于工厂里的生活。但是，与其说我在写工厂和工人的生活，不如说我为他们而写。就这样，我提出写一部一周一交稿的作品：每周，工人都可以读到上一周我完成的写作。

在19世纪中期的古巴诞生了一种奇特的职业：雪茄厂的朗读者。这个想法由记者及废奴主义者尼古拉斯·阿兹卡莱特提出。在古巴的香烟和雪茄制造厂中，是他最初将朗读运动付诸实践：为了减少重复手工劳动带来的无聊和厌倦，一位工人读者为其他正在工作的同伴高声朗读。最开始，最受工人们欢迎的作品来自埃米尔·左拉和维克多·雨果，不过他们不得不偶尔忍受大部头的西班牙史。雪茄厂阅读的反响极大，甚至于一段时期里在其他拉美国家也开始流行起来。和雪茄厂朗读运动兴起的同一时期，现代连载小说诞生了。1836年，巴尔扎克在法国发表了《老姑娘》，狄更斯在英国出版了《匹克威克外传》。这些连载小说通过价格低廉的分

册形式陆续出版，吸引了更多的普通读者。而在这之
前，普通人很难接触到文学。

　　为了写《我牙齿的故事》，我决定将雪茄厂朗读法
和连载小说物美价廉且平易近人的分册形式相结合。换
句话说，我为果汁厂的工人们写了一部周周连载、便于
高声朗读的小说。

　　胡麦克斯艺术收藏的工作组一开始便表示了极大的
热忱和支持。我十分感激，因为是在他们的帮助下，分
册才得以印刷并在工厂中分发，工人们也被组织起来高
声朗读。第一周交稿后，工人们成立了一个小范围的阅
读小组。他们每周都会聚在一起阅读和讨论上星期的作
品。此外，工人们的朗读会被录下来，并且每周寄给
我。这样我不仅可以听到他们朗读作品时的声音，而且
还有他们的评论和批评。我将集会中提出的建议和评论
记下，然后再动笔写下一周的稿子。就这样，我们坚持
了好几个月。

　　在整个过程中，工人们从未见过我，我也从未见过

他们。他们朗诵，我倾听。此外，胡麦克斯艺术收藏的
两位员工，年轻的经理人哈维尔·里维罗和司机狗子帮
我为工厂四周的街区和艺术馆展出的一些作品照相。如
果要为我们的合作模式做一个概括，我想应该差不多是
狄更斯 + MP3 + 巴尔扎克 + JPG。

　　本书所讲述故事中的很多桥段，来自工人们在每周
聚会上闲聊时所讲述的个人趣事，我只是将人名和地名
做了修改。除了闲聊，工人们讨论的话题还涉及小说的
叙事。工人们以及此书所提出的最根本问题在于艺术品
如何获得价值。具体到我们的情况，是摆放在艺术馆中
的艺术品，以及艺术馆购买艺术品的职责。但这个问题
泛化了，延展到与某件物品相关的话题和讨论，以及它
的创造者的署名背负的重担。本书设计的游戏其实是将
物品从赋予它们价值和权威的背景故事中摘出，将杜尚
的创作模式颠倒。看看这些脱离了背景故事的物品，它
们的意义以及人们对它们的见解是否会受到任何影响。
书中出现的真实人物和人名也以同样的方式脱离了他们

原本的背景。

　　我想对以下几位胡麦克斯果汁厂的工作人员所展现的热忱和慷慨表示感谢：伊芙琳·安赫莱斯·金塔纳、阿芙丽尔·委拉斯开兹·罗梅洛、塔尼娅·加西亚·蒙塔尔瓦、马尔科·安东尼奥·贝略、爱德华多·冈萨雷斯、艾尔内斯缇娜·马丁内斯、帕特里西亚·门德斯·科尔特斯、胡里奥·赛萨尔·维拉尔德·梅吉亚，以及大卫·莱昂·阿尔卡拉。

入侵艺术馆

　　这部关于世界上最棒的拍卖师高速路的怪诞传记在英语国家的文学圈里赢得一片喝彩之前，《我牙齿的故事》却在作家瓦莱里娅·路易塞利的老家墨西哥"收获"了不少质疑。在两篇被发表在《自由文学》杂志（*Letras Libres*）的书评里，我读到了一些挺扎眼的形容，比如，"烂笑话"和"纯闲扯"。这两位撰稿人和阵营里其他本土文学评论家感到不满的原因之一，是因为年纪轻轻的墨西哥文学新星路易塞利将小说中的诸多平凡人物以大作家命名。他们虽然个个是如雷贯耳的人文"经典／标杆"（canon），但却被"去经典化"

（decanonization），被赋予的新身份和"经典"或"标杆"毫不相关：比如养了只金刚鹦鹉、死于破伤风的邻居，和"文学爆炸"代表作家之一的胡里奥·科塔萨尔同名；比如对西班牙爱得深沉也恨得深沉的大哲学家米盖尔·德·乌纳穆诺，是个外表正经却迷恋偷情、为人龌龊的电台主播；还比如，另一位"爆炸"巨匠卡洛斯·富恩特斯摇身一变，成了高速路的叔叔，一个卖意大利领带的售货员；诵着关乎人类存在问题的哲理名言的福柯、乔伊斯和萨特，也被编入高速路家的家谱；等等等等。"自以为是！"其中一位撰稿人颇为嗤之以鼻地用了这么个字眼儿。

　　但上述一切，并不是小说家路易塞利编出的毫无意义的笑话。在我看来，将文学经典从原本的文化情景中剥离（decontextualization）正符合《我牙齿的故事》创作实验的初衷。在几次采访中，路易塞利提到了马塞尔·杜尚的"现成物"艺术概念（ready-made art）对其小说创作带来的灵感。杜尚将本无艺术价值的日常生活用品放置在艺术馆的聚光灯下并赋予它们"意义"和"价值"，路易塞利却反其道而行之：她闯进万神殿，将笔直矗立在聚光灯下的大师们拉下神坛；她塞给他们裁缝剪刀、报纸和幸运饼干，给他们套上脏兮兮的衬衫或是五颜六色的小丑套装；她拉着他们迈出神殿，奔向大街，混入人群。

　　路易塞利说，去情景化是为了"清空（这些文学大师的姓名所代表的）含义或内容"。她所思考的是，一旦这些文学人物走出他们所属的那片圣地，和小说的叙事交织在一起后，又会产生何种新奇的效果？而艺术和生活之间的关系，是否会通过这次文学实验而获得某些新的意义？作者在一次采访中提到，她最初并不清楚这部作品会发展成一部小说。她在《后记》中写道，这本小说正是艺术和生活协作的成果，在于引发大众思考如下问题：艺术馆墙内的一切和墙外的墨西哥普通大众的日常生活之间是否存在或缺失一座"桥"？胡麦克斯果汁厂的工人们像十九世纪古巴雪茄厂的朗诵者一样，以平常人的身份介入甚至"入侵"了文学创作。一部"狄更斯＋MP3＋巴尔扎克＋JPG"的"拼贴小说"（pastiche）由此诞生。

艺术和生活、文字和图像、虚幻和真实的边界被模糊，可以说《我牙齿的故事》是一部充满游戏意味的后现代实验小说。它或许也可以被归类进"反成长教育小说"（anti-Bildungsroman）；更确切地说，"反艺术家成长小说"（anti-Künstlerroman）：主人公高速路一生经历了妻离子散、遭绑架偷盗、艺术事业惨淡等诸多磨难，但在临死前却并未和不尽如人意的社会环境达成妥协，并未发出任何发人深省的所谓人生顿悟：高速路还是那个高速路，那个在光怪陆离的墨西哥现代社会执拗地高声叫卖赝品的"怪人"。《我牙齿的故事》令读者很容易想起西班牙黄金世纪时期描绘底层边缘人物日常、以幽默反讽为特色的"流浪汉小说"（novela picaresca），尤其是巴洛克大师弗朗西斯科·德·克维多著于17世纪初，代表了此类型文学高峰的《骗子外传》（*El Buscón*）：主人公以第一人称叙事，绘声绘色地描述了种种伎俩，期望以此过上贵族的生活；堂·巴布罗斯和高速路一样，同一群下三滥的痞子和骗子为伍；两则讽刺漫画般的夸张故事，均在"上下颠倒的世界"（el mundo al revés）里以失败告终。

　　《我牙齿的故事》的再版和翻译，更是一场游戏。喜欢令作品不断进化的路易塞利，为中译本贡献了修改后的手稿。中译本和西语原版、英译本相比，有诸多结构调整和内容修改。在翻译过程中，路易塞利给予了我极大的帮助和自由。我们俩住在同一个城市。在翻译这部小说之前，我作为读者去过几次读书会，对瓦莱里娅的印象也仅限于她是近几年在北美兴起的西语美洲文学潮最重要的青年作家之一。去年秋天，我和几位同学邀请她和另外三位女作家来系里讲座。一经接触，我发现她是个有趣而认真的人。有一次我问她，

"güera de huipil"这个自相矛盾的文化形象怎么翻译才好:"胡依皮尔"本是墨西哥和中美洲黑发印第安居民的传统服饰;而这组词直译过来,是"穿着胡依皮尔、金发碧眼的白人姑娘"。她本给我写了一段长长回复,但后来索性删了,将这个问题发到推特上,大家一起讨论:有建议用"金色拖鞋"(chancla de oro)这个比喻作为解释的,还有"逛精品时装店的嬉皮士"(hippie de boutique);还有人贴出了以此造型制作的一对人偶。

带着游戏的心态,我在翻译的过程中也试图跟随着原文活泼的墨西哥方言,为了让文字变得鲜活有趣而采用了更为口语化的表述。我试图跟随着游走在大街小巷的主人公,绘出一幅"失意收藏家的墨城地图"。这幅地图是破碎、流动且不稳定的,就像是一个空间游戏。这让我想起了路易塞利曾为《卫报》撰写的一篇名为《楼顶房间的入侵者》(*Intrusos en los cuartos de azotea*)的文章。去年她在北大西葡语系的讲座就是关于这个题目。《楼顶房间的入侵者》关于另一个空间游

戏，关于在 20 世纪初一群爬到房顶上引领了艺术革命
的艺术家和知识分子。他们占据了原本是工薪阶层或低
收入人群住所的楼顶房，改变了楼顶房所代表的意义，
并在艺术和生活之间搭了一座桥。路易塞利在文章最后
写道："从这层意义上讲，屋顶房的（艺术家和知识分
子）住户们可以被看作译者：他们在城市的里外之间搭
桥，在英语和西语世界之间搭桥，在墨西哥土著人口和
墨西哥精英阶层之间搭桥，在本土和异国之间搭桥。"

　　就像那群房顶上的艺术家，《我牙齿的故事》的主
人公在城市空间中游走的行为也不自觉地带着"入侵／
推倒隔断／搭桥"的意味。如德·塞杜所说，城市漫游
者以行走作为日常"战术"（tactics）来改变着空间权
力规则、打破固有的空间隔断。我们的主人公高速路骑
着自行车在街头四处收集藏品，在迪斯尼乐园大街上建
起了自己的"艺术馆"，然后进行了一场"去博物馆化"
（demusealization）的游戏：他和同伴们"入侵"了艺术
馆，将展品们从赋予艺术意义（或很多情况下，将意义

强加于展品）的空间中剥离，然后通过荒诞不经的一系列"埃卡特佩克寓言故事"令它们重生。

动笔之前，我跑到家附近一个叫做"鸽子"的墨西哥小杂货铺，买了一兜子胡麦克斯桃子汁。我一边喝着甜滋滋的果汁，一边幻想着自己也翻进了胡麦克斯艺术馆，推倒了连着果汁厂的那面墙。

郑楠

2017 年 6 月 10 日于纽约

文景

社 科 新 知　文 艺 新 潮

Horizon

我牙齿的故事

[墨西哥] 瓦莱里娅·路易塞利 著

郑楠 译

出 品 人：姚映然
策划编辑：艾　毅
责任编辑：陈欢欢
装帧设计：高　熹

出　　　品：北京世纪文景文化传播有限责任公司
　　　　　　（北京朝阳区东土城路8号林达大厦A座4A　100013）
出版发行：上海世纪出版股份有限公司
印　　　刷：河北鹏润印刷有限公司
制　　　版：北京大观世纪文化传媒有限公司

开　本：787mm×1092mm　1/32
印　张：6.75　字　数：80,000　插页：3
2018年1月第1版　2018年1月第1次印刷
定　价：36.00元
ISBN：978-7-208-14606-8/I·1640

图书在版编目（CIP）数据

我牙齿的故事／（墨）瓦莱里娅·路易塞利著；郑
楠译．—上海：上海人民出版社，2017
　ISBN 978-7-208-14606-8

Ⅰ.① 我… Ⅱ.① 瓦… ② 郑… Ⅲ.① 长篇小说－墨
西哥－现代 Ⅳ.①I731.45

中国版本图书馆CIP数据核字（2017）第166407号

本书如有印装错误，请致电本社更换 010-52187586